學會介系詞怎麼用，
才是提升英文能力的最佳捷徑！

我從多年的教學經驗中
充分感受到了這一點。

正因如此，我編寫了這本只要看插圖，
就能像母語使用者一樣**「憑感覺」**
理解介系詞用法的**超厲害圖鑑**！

對於英文的介系詞，很多人可能會用中文裡的「被」、「於」、「向」、「從」、「比」、「在」、「到」等介詞來記。

然而，這樣的記法
並不像「蘋果」←→「apple」這樣
能一對一地翻譯過來。
你是否常常拿著字典，
困惑地想「到底哪個是哪個?!」呢？

明明在中文裡都是「在」，
換成英文卻分成好多種！

● 有貓咪在箱子裡（箱子裡有貓咪）。
因為「在箱子的裡面」，所以用 **in**
There's a cat in the box. ➡ **p.18**

● 有蒼蠅在牆上（牆上有蒼蠅）。
因為「緊貼在牆面上」，所以用 **on**
There's a fly on the wall. ➡ **p.64**

● 有人在門口（門口有人）。
因為「在門口這個地點」，所以用 **at**
There's someone at the door.
 **p.45**

把英文翻成中文時還勉強應付得來，
想把中文翻成英文時卻大卡關……。

正因如此，學會介系詞的用法，
才是提升英文能力的最佳捷徑。

你可能會想：
「但要全部記住根本不可能啊……」
對此，這裡有個好消息。

只要理解介系詞所具備的
詞彙「意象」，
你的煩惱就能迎刃而解！

收錄 31 種介系詞（或副詞）的核心意象圖
＋
729 組應對考試的必學片語！

為此而構思的，
正是這本《最強圖解英文介系詞》。

本書將介系詞的語感透過插圖化為意象，
搭配字源以及與其他介系詞的比較解說，
從多方面進行學習，
幫助讀者加深對介系詞的理解。

因此，無論是英文初學者還是進階學習者，
都能透過本書精通介系詞的用法。

此外，書中也精選在入學測驗、英檢、多益等
考試中頻繁出現的英文片語，
是考生及英文教學者的必讀書籍！

精通介系詞只需要
3個步驟!

▶Step 1
透過視覺記住介系詞的意象

書中插圖經過精心設計,以色彩標明重點部分,讓你能用和母語者相同的感覺掌握介系詞。

▶Step 2
輸入大量的例句

一邊感受介系詞的意象,一邊閱讀英文,使這些意象牢牢扎根。

▶Step 3
透過熟記片語提升輸出力

書中隨例句收錄常用片語,幫助你在英文寫作或口說時派上用場。

本書的使用方式

透過視覺記住介系詞的意象

透過插圖熟悉介系詞的核心意象

將31種介系詞的語感化為圖像。透過視覺將其烙印在右腦中，讓記憶更加牢固。

```
02  at                    ⑤ 瞄準・目標的
                             一點・情感的
                             原因
```

Step1　透過圖解來記憶！

表示「動作」的動詞，朝向目標方向移動的意象。

當視線集中於某個點時，表「反應」的「at」

例如在「The eagle looks at the frog（老鷹看著青蛙）」中，「look（看）」這個表示「動作」的動詞與指向某個點的 at 結合，表示「瞄準」特定的東西、以其為「目標」。箭頭從老鷹指向青蛙。「throw a ball to the dog」是「把球丟給狗」，而「throw a ball at the dog」則是「朝狗丟球」，帶有攻擊性。
另一方面，當青蛙的視線反向指向老鷹時，表示青蛙的反應，箭頭方向改變。因此，「The frog is surprised at the eagle.（青蛙被老鷹嚇到了）」中的「at」則是表示驚訝的「原因」。

透過詳細解說掌握母語者的感覺

解說中也提及字源，光只是閱讀就很有趣。讓每種介系詞的語感差異變得更加容易理解。

本書的內容依循3大步驟構成。

▶Step 2
輸入大量的例句

Step2 透過插圖與例句進一步掌握！

1 以戒指為「目標」

Can I have a look at this ring?
可以讓我看看這枚戒指嗎？

初學者也會用的簡單例句
透過例句來想像實際使用的場景。插圖中的顏色和箭頭是用來表達各個介系詞的語感。這些圖像並非單純的插畫,而是用來表現介系詞語感的圖解,因此有時可能與例句不完全一致。

2 以手錶為「目標」

He glanced at his watch.
他瞄了一眼手錶。

3 以門為「目標」

He kicked at the door but it didn't open.
他踢了門,但門沒有開。

4 以我為「目標」

The baby smiled at me.
寶寶對我微笑了。
笑出聲的樣子則是「laugh at ~」。

令進階學習者也驚喜的滿滿資訊
帶你一一檢視容易混淆的介系詞比較、需要記住的語句與文法,以及詞源等重點!

關於本書中所討論的「介系詞」

雖然為了方便起見,在書中統稱為「介系詞」,但實際上還包含了像「around」、「on」、「in」等既可作為介系詞,也可作為副詞或形容詞的詞。此外,由於本書是以實用會話為概念,因此還包含了像「out」(在某些用法中也當作介系詞)或「away」等會話中頻繁使用的純副詞。

9

▶ Step 3
透過熟記片語提升輸出力

精通英語會話的
最佳捷徑就是片語！
收錄各類考試及日常會話必懂、
必背的片語。

關於本書中所標示的詞性

為了幫助你進一步理解,在第3步驟中也標示了出詞性。例如,雖然同樣是「in」,但在「in a hurry(急著)」中是副詞,而在「Why are you in such a hurry?(為什麼你這麼急?)」中,則是在be動詞後作為形容詞使用,這時會標示為形容詞。 此外,這裡所處理的「動詞」也包含了片語動詞。片語動詞指的是像「look at」(詳見第61頁)、「turn off」(詳見第160頁)、「look up to」(詳見第242頁)這樣由「動詞+介系詞」、「動詞+副詞」、「動詞+副詞+介系詞」等組成,具有完整意思的動詞組合。片語動詞在日常會話中經常使用,請妥善利用它們來加深你對介系詞核心意象的理解。

因此,只要瀏覽本書圖解,你就能像母語者一樣「憑感覺」掌握介系詞!

前言

　　根據美加地區英孚教育網站（EF Education First Ltd 2021）的資料，最常用的100個英文單字中，與「a / the / this / that / I / you / we / go / get / give」等單字並列，本書所涵蓋的13個介系詞（about / at / by / for / from / in / into / of / on / out / to / up / with）也包含在內。介系詞在英文中的重要性可見一斑。

　　介系詞是像「in the basket」這樣放在名詞前面、與名詞連結，構成介系詞片語的詞類。例如「an egg in the basket（籃子裡的雞蛋）」或「put an egg in the basket（將雞蛋放入籃子）」，其作用是充當形容詞或副詞。

　　經常有人指出，英文的介系詞與中文的「在」、「往」、「的」、「從」等介詞的作用相似，但它們並不完全相同。比如，「at the airport（在機場）」、「to the airport（到機場）」、「parking lot of the airport（機場的停車場）」、「from the airport（從機場）」，英文介系詞和中文介詞有個共同點，即與名詞連接，表示「地點」、「方向」、「所屬」、「起點」等。

　　不過，比起中文介詞數量有限，英文介系詞則是數量眾多，細算起來有超過150個，一個介系詞還可以有超過20種意思。也就是說，試圖將英文介系詞的意思對應到中文介詞來理解，是不切實際的。

　　聽到這裡，有些人可能會想：「我哪學得會中文裡沒有的詞！」、「介系詞的用法實在太難了！」
　　但其實，有個簡單的訣竅可以幫助你克服介系詞。
　　這個訣竅就是抓住每個介系詞的「核心」意象。
　　「核心」指的是不受上下文或情境影響的詞義。透過圖解將這些核心意象視覺化，可以幫助你更容易掌握介系詞的意思和用法。

　　在本書第2頁，我們介紹了對應中文介詞「在」的英語介系詞，接下來讓我們看看同一個介系詞「by」的各種表達方式。

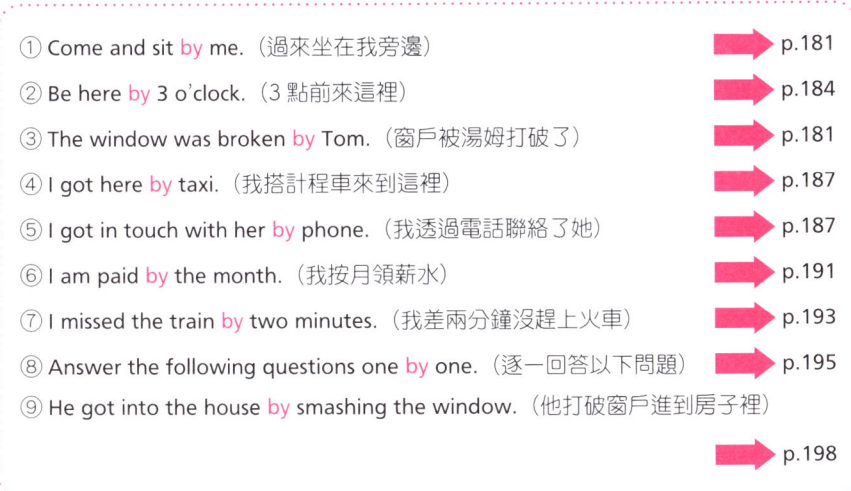

① Come and sit by me.（過來坐在我旁邊） ➡ p.181
② Be here by 3 o'clock.（3點前來這裡） ➡ p.184
③ The window was broken by Tom.（窗戶被湯姆打破了） ➡ p.181
④ I got here by taxi.（我搭計程車來到這裡） ➡ p.187
⑤ I got in touch with her by phone.（我透過電話聯絡了她） ➡ p.187
⑥ I am paid by the month.（我按月領薪水） ➡ p.191
⑦ I missed the train by two minutes.（我差兩分鐘沒趕上火車） ➡ p.193
⑧ Answer the following questions one by one.（逐一回答以下問題） ➡ p.195
⑨ He got into the house by smashing the window.（他打破窗戶進到房子裡） ➡ p.198

　　如上所示，雖然「by」有多種含義，但其核心意象是「在旁邊」。除了例句①的「sit by me（坐在我旁邊）」，「by」還不僅限於表示地點，例句②的「by 3 o'clock（3點前）」便是用來表示「（時間的）旁邊」。

　　此外，「by」還可以表示到達某物旁邊的「過程」、「方法」、「手段」、「路徑」等。③的被動句也是如此，既表達Tom在破掉窗戶旁的意象，也透過「by Tom」表達了窗子破掉的路徑與過程。

　　④到⑨的例句，則可以理解成是用「by」來回答「how」（如何；程度）類型問題的答案，這樣會更好懂。即：④你是如何到達的？⑤你是如何聯繫她的？⑥薪水是如何支付的？⑦遲到了多久？⑧如何回答問題？⑨如何進到房子裡？總結來說，④是交通工具，⑤是聯絡方式，⑥是支付方式，⑦是遲到的程度，⑧是回答問題的方式，⑨是進入房子的路徑。

　　本書透過將這些例句圖像化，幫助讀者將介系詞的核心意象烙印在右腦中，加深記憶。

　　書中花費了許多心思，希望能幫助讀者克服對介系詞的排斥感，讓大家能恍然大悟道：「介系詞，原來如此！」期盼本書能成為各位學習英文的助力。

2021年10月　清水建二

目錄

學會介系詞怎麼用，才是提升英文能力的最佳捷徑！ 1
本書的使用方式 8
前言 12

01 ▶▶ **in**
① 內部・內側 18
② 被包圍的內側 20
③ 時間範圍內・外側的界線 24
④ 被包圍的範圍內・領域・限制 28
⑤ 狀態・樣態 32
⑥ 手段・方法 38
⑦ 向內・進入內部 40

02 ▶▶ **at**
① 場所的一點 44
② 時間的一點 48
③ 特定的活動狀態 52
④ 特定・界限・比例的一點 56
⑤ 瞄準・目標的一點・情感的原因 60

03 ▶▶ **on**
① 接觸・附著・鄰接 64
② 手段・支撐 68
③ 持續・進行 74
④ 時間的接觸・動作的接觸 78
⑤ 對象・方向・壓力・負擔・焦點・影響・作用 80

04 ▶▶ **to**
① 方向・抵達點・目的・對象 84
② 對比・對立 92
③ 連接・一致・適合 96
④ 界限・結果 102

05 ▶▶ **for**
① 方向・為了・對於 106
② 目的・目標・追求・尋求 110
③ 交換・等價・代價 114
④ 理由・原因 118
⑤ 時間範圍 120
⑥ 觀點・標準・關聯 122

06 ▶▶ **from**
① 起點・起源・產地・出身 126

14

		② 地點和時間的起點・出發點	128
		③ 根據・觀點・原因	132
		④ 分離・阻止・抑制・區分	134
07	of	① 整體的一部分・構成	138
		② 構成・份量	140
		③ 關聯・體現	144
		④ 分離	150
08	off	① 分離	154
		② 停止・休止・分離	158
		③ 開始・出發	162
09	with	① 同時性・持有・擁有・同調・一致	164
		② 原因・手段・狀況	170
		③ 對象・對立・敵對	176
10	by	① 靠近・在旁邊	180
		② 截止・～之前	184
		③ 手段・方法（1）	186
		④ 手段・方法（2）	190
		⑤ 程度・差距	192
		⑥ 程度・區隔	194
		⑦ 路徑・經由	198
11	about	① 周邊・關聯	202
12	around	① 周圍・周邊	208
13	into	① 向內・深入	212
		② 進入・變化	216
14	out of	① 從～外面・從～	220
		② 消失・分離	222
15	against	① 對立・反對	228
16	up	① 上升・動力	230
		② 出現・結束	236
		③ 靠近・到～為止	240
17	over	① 越過	244
		② 結束・重複・控制	248
18	beyond	① 在那邊・超越	252
19	above	① 在上方	254
20	below	① 在下方	256

15

21 ▶▶	down	① 向下	260
		② 衰退・停止・穩定	264
22 ▶▶	under	① 在下方・向下・進行中	268
23 ▶▶	after	① 緊接著	272
24 ▶▶	behind	① 延遲・在後方	274
25 ▶▶	among	① 在中間・在其中	276
26 ▶▶	between	① 在～之間	278
27 ▶▶	out	① 往外・出現	280
		② 消失・消滅・徹底	288
28 ▶▶	away	① 分離・遠離	292
29 ▶▶	across	① 橫越・越過	296
30 ▶▶	along	① 沿著・平行	298
31 ▶▶	through	① 通過・結束・手段	302

More Information

如何區分表示時間的「in」和「at」？	55
透過圖解掌握表示地點的介系詞！	72
如何區分表示交通方式的「in」和「on」？	73
表達情感的句型也是在表達結果	103
「give」是「to＋人」，「buy」是「for＋人」	108
「steal 和「rob」有什麼不一樣？	153
「talk to ~」和「talk with ~」有什麼不一樣？	174
「with a pen」和「in pen」有什麼不一樣？	175
「by a branch」和「with a branch」有什麼不一樣？	183
如何區分表示交通手段的「by」和「in」？	187
「take him by the hand」和「take his hand」有什麼不一樣？	200
「by car」和「by a car」有什麼不一樣？	201
「be going to ~」和「be about to ~」有什麼不一樣？	206
「a book about animals」和「a book on animals」有什麼不一樣？	207
「It's about 5 o'clock.」和「It's around 5 o'clock.」有什麼不一樣？	211
表示「下車」的 get off 和「get out of」有什麼不一樣？	225
「below」在什麼情況下表示「下」？	258
「over」和「above」有什麼不一樣？	259

卷末附錄：必學必記重要片語 ⋯⋯ 305

in

① 內部・內側

> Step1　透過圖解來記憶！

被空間完全包圍。
空間可以是立體的，也可以是平面的。

表空間內部・內側的「in」

「in」的核心意象是「在～之中」、「在～的內側」。例如「a cat in the box（箱子裡的貓）」、「a cat in the spotlight（在聚光燈下的貓）」、「a cat in the rain（在雨中的貓）」、「a cat in the circle（在圓圈裡的貓）」，無論是在立體空間還是平面空間，都帶有被完全包圍的感覺。

Step2　透過插圖與例句進一步掌握！

角落的「內側」

1

Stand in the corner.

站在角落裡。

湖水的「內部」

2

You can't swim in this lake.

這座湖禁止游泳。

on the lake / by the lake / around the lake 的差異請參照 P.72 的圖解！

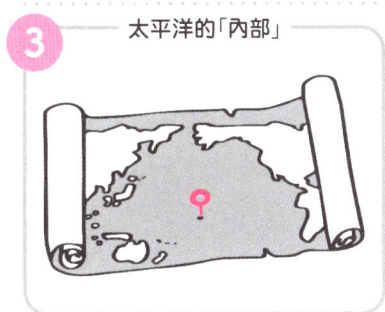
太平洋的「內部」

3

Tahiti is an island in the Pacific Ocean.

大溪地是一座位於太平洋中的島嶼。

方位的「內部」

4

The sun rises in the east and sets in the west.

太陽從東方升起，在西方落下。

in

② 被包圍的內側

> **Step1** 透過圖解來記憶！

被眼鏡或運動鞋
包覆的意象。

即使不是完全包覆，穿戴的物品也能用「in」

「in」通常讓人聯想到立體的內部或內側，但有時也會聚焦於與外側之間的界線。例如，將大衣整件披在女孩身上，就變成「a girl in a red coat（穿著紅色大衣的女孩）」。同樣的，「a woman in white」表示「穿著白色衣服的女性」；「a boy in sneakers」表示「穿著運動鞋的男孩」；而「a boy in glasses」則表示「戴著眼鏡的男孩」。由此可見，「in」不一定要表示被完全包圍。

Step2　透過插圖與例句進一步掌握！

1 扶手椅的「內側」

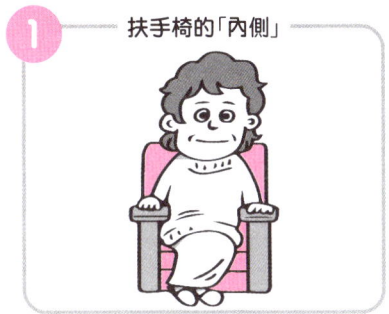

She is sitting in an armchair.

她坐在有扶手的椅子上。

2 手的「內側」

What do you have in your hand?

你手上拿著什麼？

如果是「口袋裡有什麼？」則可以說：
「What's in your pocket?」

3 線的「內側」

They are standing in a line.

他們排成一列。

如果是「橫向排成一列」則用「in a row」。

4 黑色衣服的「內側」

She was dressed in black.

她穿著黑色的衣服。

「be dressed in +（顏色）」表示「穿著～色的衣服」。

Step3　使用到in的片語

☐ in front of ~

介 在～的前面

There is a taxi waiting in front of the office.
公司前面有一輛計程車在等候。

☐ in one's place

副 在～的立場上；代替～

What would you do in my place?
站在我的立場上，你會怎麼做？

☐ in one's way

形 妨礙～，阻擋～

Am I in your way?
我妨礙到你了嗎？

☐ in the distance

副 在遠處

Can you see a mountain in the distance?
你能看到遠處的山嗎？

☐ in all directions

副 四面八方地

The news spread in all directions.
那個消息四面八方地傳開了。

☐ in private

副 在沒有人的地方，私下

Can I talk to you in private?
可以私下跟你談談嗎？

☐ in public

副 當眾，公開地

He hates to speak in public.
他討厭在眾人面前說話。

☐ in the presence of ~

介 在～面前

I'm getting nervous in the presence of so many people.
在這麼多人面前，我變得有點緊張了。

☐ arrive in ~

動 到達～

Our plane arrived in Tokyo.
我們的飛機抵達了東京。

☐ keep (~) in mind

動 記住～

Keep in mind what I'm going to say.
記住接下來我要說的話。

☐ be caught in ~

動 遭遇～，被～困住

I was caught in a shower on my way home.
我回家途中遇上了一場驟雨。

☐ consist in ~

動 存在於～（= lie in ~）

Happiness consists in contentment.
幸福在於知足。

in

③ 時間範圍內・外側的界線

> Step1　透過圖解來記憶！

完全包覆在
時間範圍內的意象。

表「～中」、「～內」等時間範圍內・外側界線的「in」

「in」所呈現的、被完全包覆的感覺，也適用於時間範圍。例如，「在早晨」是「in the morning」；「在 2021 年」是「in 2021」；「在 1 月」是「in January」；「在夏天」是「in (the) summer」等。「in」具有時間的延展性，表示在那段時間範圍內的感覺。

焦點放在內外側間界線的「in」，也適用於表示時間。例如，「in 30 minutes」表示 30 分鐘這段時間及其外側的界線，也就是「30 分鐘後」，用於表過去（或完成）或未來的句子中。

Step2 透過插圖與例句進一步掌握！

I usually take a walk in the early morning.

我通常在清晨散步。

I was born in September.

我在 9 月出生。

He finished his homework in an hour.

他在 1 小時內完成了作業。

此處用過去式來表示時間的經過，所以意思是「1 小時內」。

I'll be back in 30 minutes.

我 30 分鐘後回來。

用於未來式，表示「從現在起 30 分鐘後」。而「30 分鐘內回來」則不能用「in 30 minutes」，需要使用「within」，即「I'll be back within 30 minutes」。

Step3　使用到in的片語

☐ in due course

副 最終，遲早

They will get married in due course.
他們遲早會結婚的。

☐ in the future

副 將來

I want to be a nurse in the future.
我將來想成為一位護理師。

☐ in time

副 及時，趕得上

We arrived at the theater just in time for the movie.
我們正好趕得及看電影。

☐ in no time

副 馬上，立刻（＝in an instant）

We'll be home in no time.
我們很快就到家了。

☐ in the end

副 最後，結果

> 表示經過各種事情或時間後，「最終」的意思。

Which did you choose in the end?
你最後選了哪一個？

☐ in advance

副 事先，提前（＝beforehand）

You can get tickets in advance.
你可以提前買票。

26

☐ in the long run

副 結果，長遠來看

Your efforts will be worth it in the long run.
長遠來看，你的努力是值得的。

☐ in the meantime

副 在此期間

I'll make some coffee, and in the meantime, try and relax.
我去泡點咖啡，你在這期間試著放鬆一下。

☐ once in a while

副 偶爾，有時候

I go out for lunch once in a while.
我偶爾會出去吃午餐。

☐ in the first place

副 首先，最初

What brought you to Japan in the first place?
一開始是什麼原因讓你來到日本的？

☐ in the middle of ~

介 在～的中途；在～的中央

He left in the middle of the meeting.
他在會議中途離開了。

☐ in the beginning

副 起初，最初

Love is sweet in the beginning but sour in the end.
愛情起初是甜蜜的，但結束時是酸澀的。

01 in

④ 被包圍的範圍內・領域・限制

Step1　透過圖解來記憶！

限定在日本這個範圍內。

表「在～中」，用來限定範圍的「in」

「in」所具備「在範圍內」的意象，可以擴展到「領域」或「限定」。例如，「Mt. Fuji is the highest mountain in Japan.」，將範圍限定在日本內，意思是「富士山是日本最高的山」。而「He's an expert in international politics.」，則限定在國際政治的領域，意思是「他是國際政治領域的專家」。

Step2 透過插圖與例句進一步掌握！

He became a lawyer in his early thirties.

他在 30 歲出頭時成為了一名律師。

「35歲上下」則是「in his middle thirties」。

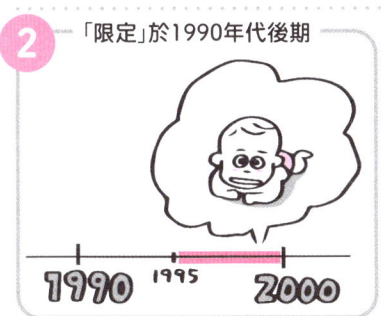

She was born in the late 1990s.

她在 1990 年代後期出生。

That country is rich in natural resources.

那個國家擁有豐富的天然資源。

「be rich in ~」表示「富有～」或「擁有豐富的～」。

In my opinion, you should be promoted.

依我看，你應該要獲得升遷。

Step3　使用到in的片語

☐ in a sense

副 在某種意義上

In a sense, he is a genius.
在某種意義上，他是個天才。

☐ in fact

副 事實上，其實不然，甚至可以說

He is not poor; in fact he is very rich.
他並不貧窮，甚至可以說是相當富有。

☐ in practice

副 實際上

Please tell me how to use the phrase in practice.
請告訴我這個片語實際上要怎麼使用。

☐ in reality

副 （然而）實際上

He looks young, but in reality he is old.
他看起來很年輕，但實際上已經老了。

☐ in all

副 全部，共計（= in total）

How much did he spend in all?
他總共花了多少錢？

☐ in part

副 部分地，在某種程度上

I agree with you in part.
我某種程度上同意你的看法。

☐ in a word

副 簡言之，總之

In a word, he is a genius.
簡言之，他是個天才。

☐ in other words

副 換句話說，也就是說

He seldom speaks: **in other words**, he is a man of few words.
他話很少，換句話說，他是一個寡言的人。

☐ in itself

副 它本身，從本質上

Televison is not a bad thing **in itself**.
電視本身並不是壞東西。

☐ be lacking in ~

形 缺乏～（= be wanting in ~）

He **is lacking in** knowledge.
他缺乏知識。

☐ believe in ~

動 相信～（的價值或存在）

Do you **believe in** ghosts?
你相信有鬼嗎？

☐ major in ~

動 主修～（= specialize in ~）

He **majored in** economics in college.
他在大學主修經濟學。

in

⑤ 狀態・樣態

> **Step1　透過圖解來記憶！**

處於戀愛的狀態中。

表處於心理或物理狀態「中」的「in」

像「She is in love with Wataru.（她愛上了渡先生）」一樣，用來表示處於「愛」或「戀愛」這種抽象事物中的狀態，也就是心理狀態或物理狀態。此外，「in」也可用來表示在公司或組織中的活動狀態，或「隸屬」、「配置」，甚至是「順序」等。例如，當被問到「What line of business are you in?（你從事什麼行業？）」時，可以回答「I'm in IT.」，意思是「我從事電腦相關行業」。

Step2 透過插圖與例句進一步掌握！

① 集體的「狀態」

Are you travelling in a group?

你是跟團去旅遊嗎？

② 負債的「狀態」

I'm in debt now.

我目前有負債。

③ 盛開的「狀態」

The cherry blossoms are in full bloom.

櫻花正處於盛開狀態。

④ 麻煩的「狀態」

He's in trouble. He's lost his passport.

他遇到麻煩了，他的護照不見了。

「He's lost ~」是「He has lost ~」的縮寫，表示「已經～了」的現在完成式。

Step3　使用到in的片語

in addition

副 此外，另外

In addition, I had to show them my passport.
此外，我還得出示護照。

in common

形 有共同點

They have nothing **in common**.
他們之間沒有共同點。

in any case

副 無論如何，總之

In any case, I had no choice but to sign.
總之我別無選擇，只能簽字。

in earnest

形 認真地，嚴肅地

Were you **in earnest** about that?
那件事你是認真的嗎？

in high spirits

形 心情愉快，精神振奮

My daughter is **in high spirits** today.
我女兒今天心情很好。

in good health

形 健康的

I have been **in good health** recently.
最近我的身體狀況良好。

34

☐ in the mood for ~

介 想要～的心情

I'm not **in the mood for** pasta tonight.
我今晚不想吃義大利麵。

☐ in danger of ~

介 處於～的危險中

This animal is **in danger of** extinction.
這種動物正面臨滅絕的危機。

☐ in need

形 在困境中

A friend **in need** is a friend indeed.
患難見真情。

☐ in demand

形 有需求的

British craft beer is **in demand**.
英國的精釀啤酒需求量很大。

☐ in a hurry

形 匆忙，急切

Why are you **in** such **a hurry**?
你為什麼這麼急？

☐ in brief

副 簡而言之（= in short）

In brief, the project was a success.
簡而言之，這個專案是成功的。

Step3 使用到in的片語

☐ in general

副 一般而言

In general, women live longer than men.
一般而言，女性比男性長壽。

☐ in fashion

形 流行中

At that time miniskirts were in fashion.
那時迷你裙很流行。

☐ in progress

形 進行中

The concert was already in progress.
音樂會已經開始了。

☐ in good shape

形 身體狀況良好

Today I'm in good shape.
今天我狀態不錯。

☐ in all likelihood

副 十之八九，可能

In all likelihood, the game will be canceled.
這場比賽很可能會取消。

☐ in the air

形 懸而未決，未定

At this stage the plan is still in the air.
目前這個計劃仍在討論中。

☐ in particular

副 特別是

Do you have any plans in particular?
你有特別的計劃嗎？

☐ in order

副 按順序，有條理

Put the names in alphabetical order.
請按字母順序排列名字。

☐ in person

副 親自，本人

You should come here in person.
你應該親自來這裡。

☐ in case

副 以防萬一，以備不時之需

Take an umbrella with you just in case.
帶把傘，以防萬一。

☐ be engaged in ~

動 從事～

She is engaged in imports and exports.
她從事進出口貿易。

☐ be involved in ~

動 參與～；捲入～

He was involved in two incidents.
他捲入了兩起事件。

01 in

⑥ 手段・方法

> **Step1　透過圖解來記憶！**

在作為移動手段
的計程車中。

表手段或方法的「in」

「speak in English（用英語說話）」，是指在英語這個空間中進行交流；「go there in a taxi（坐計程車去那裡）」，則是指搭乘計程車前往。這種情況下，「in」用來表示手段或方法。同樣地，「Write your name in pencil / pen（用鉛筆／筆寫名字）」中的「in pencil」或「in pen」也表示書寫的手段。需要注意的是，這裡不加冠詞「a」，將鉛筆和筆視為不可數名詞。關於「with a pen」和「in pen」的區別，請參見第 175 頁。

Step2　透過插圖與例句進一步掌握！

① 以美元作為「手段」

How much is it in dollars?

這個多少美元？

如果是「以歐元計價」，則用「in euro」。

② 以大聲作為「手段」

Don't talk in a loud voice.

不要大聲說話。

③ 以這種方式作為「方法」

In this way he succeeded in business.

他就是這樣在事業上成功的。

「This is how he succeeded in business.」也是相同意思。

④ 以詳盡方式作為「方法」

Will you explain it in detail?

你可以詳細解釋一下嗎？

01 in

⑦ 向內・進入內部

> **Step1　透過圖解來記憶！**

「進入到（房間這個空間）裡面」的移動，以及「在裡面」的狀態。

表「移動到內部」或「在內部的狀態」的「in」

作為副詞或形容詞的「in」，用於表示空間內的「移動」或「狀態」，如「Come in.（請進）」和「Is your father in today?（你父親今天在家嗎？）」。不論空間大小，無論是家裡、車站，甚至是整個國家都可以適用。

對於「What's in?（現在流行什麼？）」這樣的提問，也可以回答「Short skirts are in.（短裙正在流行）」，用「in」來表示「流行」。

Step2　透過插圖與例句進一步掌握！

① 進入計程車的「裡面」

He got in a taxi to the station.

他搭上了計程車前往車站。

② 飲料或食物的「裡面」

Would you put in some more sugar?

可以再加點糖嗎？

③ 進入建築物的「裡面」

Please drop in when you come to Tokyo.

來東京的時候，務必順道拜訪。

「drop in」表示「順道拜訪」。

④ 進入流行的「裡面」

This hairstyle is in now.

這款髮型現在很流行。

Step3　使用到in的片語

☐ cut in (~)

動 （在～中）插隊

Don't cut in line.
不要插隊。

☐ break in

動 闖入；打斷

The thief broke in through the window.
小偷從窗戶闖入。

☐ set in

動 （惡劣季節、疾病等）開始

The rainy season has set in.
雨季開始了。

☐ take in ~

動 欺騙～；理解～

I was taken in by him.
我被他騙了。

☐ pull in (~)

動 （火車、船等）到達，賺取～

The train pulled in at the station.
火車到站了。

☐ put in (~)

動 插入（話語）；安裝～

I had an air conditioner put in in my room.
我在房間裡安裝了空調。

> 「put in」中的「in」是副詞，所以「in my room」也需要加上「in」。只有一個「in」的話，會變成「把空調放進房間」的意思，要注意。

☐ keep ~ in

動 把～關起來

He was **kept in** prison for a year.
他被關了一年。

☐ stay in

動 待在家裡

I'm going to **stay in** all day.
我打算一整天待在家。

☐ give in (~)

動 投降；提交～

They finally **gave in**.
他們終於投降了。

☐ hand in ~

動 提交～（= turn in ~ / give in ~）

I have to **hand in** this report by tomorrow.
我必須在明天之前交出這份報告。

☐ turn in (~)

動 提交～；轉入（小路）

Turn in your homework.
請交作業。

☐ count ~ in

動 把～算進去

A party? **Count** me **in**!
派對？算我一個！

02 at

① 場所的一點

Step1　透過圖解來記憶！

「at」所表示的場所是地圖上的一個點。

表限定某處、相對狹小場所的「at」

「at」的核心意象是「場所的一點」。例如，「at the station」是「在車站」，這裡的「at」是將「車站」視為一個點，可能指平台、閘口、車站大樓或站前廣場等模糊的地方，就像用手指指著地圖上的車站一樣。如果要強調在車站的內部，則用「a flower shop in the station（在車站裡的花店）」。雖然「at」是表示場所的一點，多用來表示限定某處、相對狹小的場所，但並無關乎物理面積的大小。

Step2 透過插圖與例句進一步掌握！

1 在街道上的「一個地點」

He lives at 333 Bingo Street.

他住在賓果街 333 號。

如果是「他住在賓果街」，則為「He lives in Bingo Street」。

2 在轉角的「一個地點」

Turn right at the corner.

請在轉角處向右轉。

3 在門附近的「一個地點」

There's someone at the door.

門口有一個人。

4 在公車站的「一個地點」

Many people are waiting at the bus stop.

許多人在公車站等候。

Step3　使用到at的片語

☐ stay at ~

動 住在～（留宿）

I'm **staying at** this hotel.
我住在這家飯店。

☐ call at ~

動 拜訪～；停靠在～

The train **called at** Oxford Station.
列車在牛津站停靠。

☐ arrive at ~

動 抵達～

The President **arrived at** the international airport today.
總統於今日抵達國際機場。

☐ be present at ~

形 出席～

Many people **were present at** the party.
許多人出席了這個派對。

☐ drop in at ~

動 順道拜訪～

I sometimes **drop in at** a bar near the station.
我有時會順道去車站附近的酒吧。

☐ at the foot of ~

介 在～的腳下，在～的底部

The village is **at the foot of** the mountain.
村莊位於山腳下。

☐ at the bottom of ~

介 在～的底部，在～的根本

He was at the bottom of it all.
這一切的始作俑者就是他。

☐ at the back of ~

介 在～的後方（= behind ~）

There's a parking lot at the back of the bank.
銀行後面有一個停車場。

at a distance

副 稍微遠離

You can see the animals at a distance.
你可以從稍遠的地方看到動物。

☐ at heart

副 本質上，內心裡

She's very kind at heart.
她的本質是非常善良的。

☐ at hand

副 在手邊；在附近

I always keep a dictionary at hand.
我總是隨身攜帶字典。

☐ at the top of ~

介 在～的頂端

There is a hut at the top of the mountain.
山頂有一間小屋。

47

02 at

② 時間的一點

Step1　透過圖解來記憶！

「正好」在12點這個沒有彈性的時間點上。

表沒有「彈性」的時間點的「at」

可以用來表示地點的「一點」，也能用來表示時間上的「一點」。這種情況下，所表示的時間基本上沒有彈性，暗示該時間的幅度小到無法容納其他東西。這很適合用來表示沒有彈性的「時刻」，例如「at 6 o'clock（6點）」、「at noon（正午）」、「at midnight（午夜 12 點）」等。

Step2　透過插圖與例句進一步掌握！

1 在10點半的「時間點」

I left the office at 10:30 in the morning.
我在早上 10 點 30 分離開了公司。

2 在30歲的「時間點」

She became a judge at thirty.
她在 30 歲時成為了法官。

3 在黎明的「時間點」

They left at dawn.
他們在黎明時出發了。

4 在日落的「時間點」

The party ended at sunset.
聚會在日落時結束了。

Step3　使用到at的片語

☐ at first

副 起初

At first I didn't like her, but now she's one of my best friends.
一開始我不喜歡她，但現在她是我的好友之一。

☐ at last

副 最終，終於

At last we reached the summit.
我們終於到達了山頂。

☐ at length

副 詳盡地；最終

He talked about his life **at length**.
他詳盡地談到了自己的人生。

☐ at times

副 有時候

Life is hard **at times**.
人生有時候是艱難的。

☐ at any time

副 隨時，任何時候

You can come and see me **at any time**.
你可以隨時來找我玩。

☐ at all times

副 總是，始終

Do you carry your camera **at all times**?
你總是隨身攜帶相機嗎？

☐ at the same time

副 同時

Two things happened almost **at the same time**.
兩件事情幾乎同時發生。

☐ at any moment

副 隨時,即將

The rock is going to fall **at any moment**.
那塊岩石隨時可能掉落。

☐ at the moment

副 現在,此刻

I'm busy **at the moment**.
我現在很忙。

☐ at present

副 當前,目前

At present, men and women get equal pay in most jobs.
目前,男女在大多數職業中享有同等的薪水。

☐ at once

副 立刻;同時

You can't do two things **at once**.
你無法同時做兩件事情。

> 「all at once」表示「突然」或「同時」。

☐ at a time

副 一次,一次性

Take the pills two **at a time**.
每次服用兩顆藥丸。

02 at

③ 特定的活動狀態

Step1　透過圖解來記憶！

在劇院觀賞演出。

表現在特定場所活動意象的「at」

「at」在語源上具有「朝向」和「接近」的語感，暗示與某個場所緊密相連，並以其為中心。因此，我們可以將車站或公車站看作一個點，這樣就可以理解「at the station（在車站）」或「at the bus stop（在公車站）」都是將其周邊包含在內。由此，「at」便引申出在某地點進行活動的意象。例如，「in the theater」僅表示「在劇場內」，而「at the theater」則表示身處「有演出活動在進行」的劇場裡，可引申為「正在觀賞戲劇演出」。

Step2　透過插圖與例句進一步掌握！

① 在學校進行的「活動」

They are still at school.

他們還在學校。

表現留在學校中，進行課程或社團等「活動」的意象。

② 在大學進行的「活動」。

My son is studying at Oxford.

我兒子在牛津大學念書。

③ 在家進行的「活動」

"Where are you now?"
"I'm at home."

「你現在在哪裡？」
「我在家裡。」

④ 在餐桌上進行的「活動」

We are at dinner now.

我們正在吃晚餐。

Step3　使用到at的片語

☐ at work

形 工作中，從事於

He's **at work** on a new book.
他正在撰寫一本新書。

☐ at peace

形 安詳地，和睦地

His mind is **at peace**.
他的心很安詳。

☐ at the mercy of ~

介 任憑～擺布

Our ship was **at the mercy of** the waves.
我們的船任由海浪擺布。

☐ make oneself at home

動 不拘束，隨意

Please **make yourself at home**.
請別拘束，當自己家。

☐ at a loss

形 茫然不知所措

I was **at a loss** about what to do.
我不知該怎麼辦才好。

☐ at one's wits' end

形 束手無策

He was **at his wits' end** with this problem.
他對這個問題束手無策。

☐ at anchor

形 下錨，停泊中

A passenger boat is at anchor in the harbor.
一艘客船在港口停泊。

☐ at ease

形 放鬆，自在

I feel at ease with Yoko.
和陽子在一起時我感到很自在。

> **More Information**
>
> 如何區分表示時間的「in」和「at」？
>
> 像「in the morning」這類帶有「in」的時間表達，通常表示一段時間。而「at」則多用於表達限定的活動狀態。在歐美，聖誕節期間（12月24日晚上到1月1日）人們會交換禮物、吃火雞大餐、上教堂做禮拜，這樣的活動期間就用「at Christmas」。
>
> 那麼，為什麼表示從日落到日出的廣泛時間段「night（夜晚）」，不是用「in the night」而是用「at night」呢？
>
> 這與古代人們的生活有關，對他們來說，夜晚是一種無法從事睡覺以外活動的環境，所以用「at night」來表達一個休息的活動時間。

02 at

④ 限定・界限・比例的一點

Step1 透過圖解來記憶！

在山頂這個特定的一點上。

用來限定價格、費用、年齡和數值的「at」

從多個科目中選定數學一科,並且在這一點上具有優勢,所以「He's good at math.」就是「他擅長數學」。此外,「at」也有限定的意思,如「He became a doctor at forty.(他在 40 歲時成為了醫生)」和「Water boils at 100 degrees Celsius.(水在攝氏 100 度時沸騰)」,便是使用「at」來限定價格、費用、年齡或數值。「at」還可以用來表達極限或界限的一點,如「at the top of the class(班上第一)」和「at the bottom of the class(班上最後)」。

Step2　透過插圖與例句進一步掌握！

1 「限定」於舞蹈

I'm really poor at dancing.
我真的不擅長跳舞。

2 「限定」於決策

He's slow at making decisions.
他在做決定時很慢。

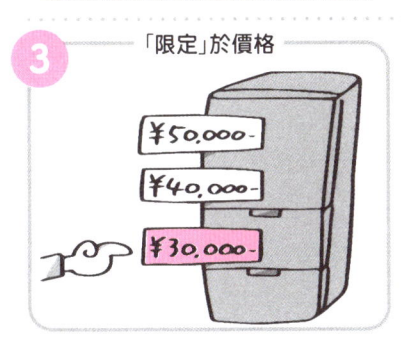

3 「限定」於價格

I got this at a reasonable price.
我以合理的價格買到了這個。

4 「限定」於速度

He's driving at a speed of 60 kilometers an hour.
他以每小時 60 公里的速度行駛。

57

Step3　使用到at的片語

☐ at any rate

副 無論如何，不管怎樣

At any rate, we should start right now.
無論如何，我們最好立刻出發。

☐ at the cost of ~

介 以～為代價（= at the expense of ~）

He saved the child **at the cost of** his own life.
他以自己的生命為代價救了那個孩子。

☐ at any risk

副 不惜任何風險，務必（= at any cost）

You have to do it **at any risk**.
你必須不惜任何風險去做。

☐ at the maximum ~

副 以最大（限度）的～

He drove **at the maximum** allowable speed of 120 km/h.
他以允許的最高時速 120 公里行駛。

☐ at the minimum ~

副 以最低（限度）的～

We are hired **at the minimum** wage.
我們被以最低工資雇用。

☐ at the top of the list

形 作為最優先事項，列在清單的最上方

Creativity is **at the top of the list**.
以創造力為最優先。

> 「最優先」的反義詞是「at the bottom of the list（在清單的最後）」。

☐ at the top of one's voice

副 盡全力地喊（= at the top of one's lungs）

He sang at the top of his voice.
他盡全力地歌唱。

☐ at one's best

形 處於最佳狀態

The cherry blossoms are at their best.
櫻花現在正盛開。

☐ at one's worst

形 處於最糟糕的狀態

The typhoon is at its worst.
颱風正處於最劇烈的狀態。

☐ at (the) most

副 最多，頂多

I eat out once a week at most.
我每個禮拜頂多外食一次。

☐ at (the) least

副 至少，無論如何

You should study at least 1 hour every day.
你每天至少應該念一小時書。

☐ at best

副 頂多，充其量

I can only finish the job by Monday at best.
我最快只能在週一前完成這項工作。

02 at

⑤ 瞄準・目標的一點・情感的原因

> **Step 1　透過圖解來記憶！**

表示「動作」的動詞，朝向目標方向移動的意象。

當視線集中於某個點時，表「反應」的「at」

例如在「The eagle looks at the frog（老鷹看著青蛙）」中，「look（看）」這個表示「動作」的動詞與指向某個點的 at 結合，表示「瞄準」特定的東西、以其為「目標」。箭頭從老鷹指向青蛙。「throw a ball to the dog」是「把球丟給狗」，而「throw a ball at the dog」則是「朝狗丟球」，帶有攻擊性。
另一方面，當青蛙的視線反向指向老鷹時，表示青蛙的反應，箭頭方向改變。因此，「The frog is surprised at the eagle.（青蛙被老鷹嚇到了）」中的「at」則是 表示驚訝的「原因」。

Step2　透過插圖與例句進一步掌握！

1 以戒指為「目標」

Can I have a look at this ring?

可以讓我看看這枚戒指嗎？

---

2 以手錶為「目標」

He glanced at his watch.

他瞄了一眼手錶。

---

3 以門為「目標」

He kicked at the door but it didn't open.

他踢了門，但門沒有開。

---

4 以我為「目標」

The baby smiled at me.

寶寶對我微笑了。

笑出聲的樣子則是「laugh at ~」。

Step3　使用到at的片語

☐ shout at ~

動 對～怒吼

You don't have to shout at me.
你不需要對我吼叫。

☐ get at ~

動 暗示～；觸及～

What are you getting at?
你想表示什麼？

☐ aim A at B

動 把 A 對準 B

The hunter aimed the gun at a bird.
獵人將槍口對準了一隻鳥。

☐ clutch at ~

動 試圖抓住～（= grasp at ~ / catch at ~）

A drowning man will clutch at a straw.
溺水的人會試圖抓住一根稻草。

☐ point A at B

動 用 A 指向 B

Don't point your finger at others.
不要用手指指著別人。

☐ make a guess at ~

動 猜測～

Can you make a guess at my age?
你能猜出我的年齡嗎？

☐ be amazed at ~

> 驚訝的程度從低到高依序為：surprised / amazed / astonished / astounded。

動 對～感到驚訝

I **was amazed at** the news.
我對這個消息感到驚訝。

☐ get angry at ~

動 對～生氣

Don't **get angry at** her.
別對她生氣。

☐ at the sight of ~

介 一看到

The thief ran away **at the sight of** a police officer.
小偷一看到警察就逃跑了。

☐ at first sight

副 初見，一見

I fell in love with her **at first sight**.
我對她一見鍾情。

☐ at a glance

副 一眼看去；一眼就看出

You can see **at a glance** there's a shorter route.
一眼就可以看出有一條更短的路線。

☐ at the thought of ~

介 一想到～

He felt uneasy **at the thought of** the test.
一想到考試，他就感到不安。

03 on

① 接觸・附著・鄰接

Step1　透過圖解來記憶！

緊貼的地方可以是任何位置。

不受場所限制、表接觸的「on」

「on」常被理解為「在～之上」，其核心意象是某物與某個面「接觸」並「浮現」出來的感覺。接觸的面不分前後左右上下。例如，如果有一隻蒼蠅停在地板、牆壁或天花板上，分別可表達為「a fly on the floor」、「on the wall」或「on the ceiling」。

接觸某個面的時間長短不一，可能是暫時的，如停在地板上的蒼蠅或戴在手指上的戒指，也可能是半永久性的，如「a mole on my palm（手掌上的痣）」。

Step2　透過插圖與例句進一步掌握！

1 「接觸」到冰面

We can skate on this lake in winter.
冬天時，我們可以在這個湖上溜冰。

關於 in the lake / by the lake / around the lake 的區別，請參考 P.72 的插圖！

2 「接觸」到地圖

Where am I on this map?
我在這張地圖的哪個位置

3 「鄰接」湖泊

I stayed at a hotel on the lake.
我住在湖畔的酒店。

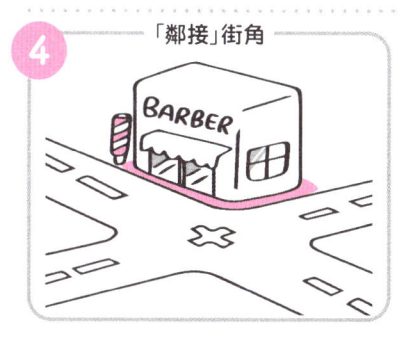

4 「鄰接」街角

There's a barber shop on the corner.
街角有一家理髮店。

Step3　使用到on的片語

☐ get on ~

動 上（交通工具）

Let's **get on** this train.
我們來搭這班火車吧。

☐ put ~ on

動 穿上～，戴上～

He **put** a red cap **on**.
他戴上了一頂紅色的帽子。

☐ have ~ on

動 穿著～，戴著～

He always **has** a big hat **on**.
他總是戴著一頂大帽子。

☐ try ~ on

動 試穿～

Can I **try** this shirt **on**?
我可以試穿這件襯衫嗎？

☐ catch on (~)

動 變得流行；理解～

I didn't **catch on**.
我沒能理解。

☐ on one's side

形 支持～，站在～這邊

I'm always **on your side**.
我永遠支持你。

☐ on the spot

副 當場,立即

The thief was arrested on the spot.
那個小偷被當場逮捕了。

☐ on one's part

副 就～而言;從～這方面來看

I admit that it was an error on my part.
我承認那是我的錯誤。

☐ on board (~)

副 在(交通工具)上;參與

We went on board the ship on schedule.
我們按計劃時間上了船。

☐ on purpose

副 故意地

He broke the clock on purpose.
他故意把鐘弄壞了。

☐ on earth

副 全世界;(強調疑問詞)究竟

What on earth are you doing?
你到底在做什麼?

☐ on the tip of one's tongue

形 (名字等)就在嘴邊(快要想起來)

Her name is on the tip of my tongue.
她的名字就在嘴邊,但一時想不起來。

03 on

② 手段・支撐

Step1　透過圖解來記憶！

「on the bus」給人雙腳穩穩地接觸公車地板的意象。

當接觸的東西是交通工具或工具時，表「手段」的「on」

在「go to school on a bike（騎自行車上學）」或「play a tune on the piano（彈奏鋼琴曲）」這樣的表達中，如果接觸物是交通工具或工具，則「on」表示「手段」。如果是公共交通的手段，就是「on a bus（搭公車）」；如果是通訊手段，就是「on TV（在電視上）」或「on the Internet（在網路上）」。

從另一個角度看，自行車、公車等提供了支撐，因此「on」也衍生出「支撐」或「基礎」的意象。

Step2　透過插圖與例句進一步掌握！

1 以電車為「手段」

Today I happened to meet her on the train.

今天我在電車上偶然遇見了她。

2 以收音機為「手段」

I heard the news on the radio.

我從收音機裡聽到了這個消息。

3 以自己的雙腳為「手段／支撐」

I want to stand on my own feet.

我想要自立自強。

4 以柴油為「手段」

This car runs on diesel.

這輛車是用柴油運行的。

Step3　使用到on的片語

☐ on foot

副 步行

I like traveling on foot.
我喜歡徒步旅行。

☐ on one's own

副 自己，獨自地

He finished the job on his own.
他獨自完成了這項工作。

☐ lie on one's stomach

動 趴躺（= lie on one's face）

Lie on your stomach.
請趴躺。

☐ lie on one's back

動 仰躺

Lie on your back.
請仰躺。

「側躺」則是「lie on one's side」

☐ depend on ~

動 依賴～；取決於～

He still depends on his parents.
他還是很依賴父母。

☐ rely on ~

動 依靠～

We rely on the lake for drinking water.
我們依賴這個湖作為飲用水的來源。

☐ fall back on ~

動 （最終）依賴～

He has no relatives to fall back on.
他沒有可以依靠的親戚。

☐ count on ~

動 指望～，依賴～

You can count on me in this matter.
這件事可以交給我處理。

☐ feed on ~

動 以～為主食

Owls feed on mice and other small animals.
貓頭鷹以老鼠和其他小動物為食。

☐ live on ~

動 以～為生

My grandmother lives on a pension.
我的祖母仰賴年金生活。

☐ be based on ~

動 基於～

This novel is based on historical facts.
這部小說是基於史實撰寫的。

☐ rest on ~

動 依賴～；寄望於～

Our hopes rest on you.
我們把希望寄託在你身上。

Step3　使用到on的片語

☐ on a large scale

副 大規模地

I want to do business **on a large scale**.
我想要做大規模的生意。

☐ on the other hand

副 另一方面，相對地

On the other hand, it has a lot of disadvantages.
另一方面，這也有很多缺點。

☐ on a ~ basis

副 以～為基礎（原則）

We have meetings **on a** weekly **basis**.
我們原則上每週開一次會。

☐ on (the) condition that SV ~

副 以～為條件，如果～

I'll lend you some money **on condition that** you pay me back within a month.
1 如果你能在一個月內還錢，我可以借你一點。

More Information
透過圖解掌握表示位置的介系詞！

只要利用圖解，就能更有效地記住表示位置的介系詞。例如，「in / on / by / around」等介系詞可以如右圖，以圍繞著湖的圖解來統整。你不妨自行統整其他介系詞，將有助於加深理解。

More Information
如何區分表示交通手段的「in」和「on」？

「in」的核心意象是「在立體空間中完全被包圍」，因此通常用於較小的交通工具，如汽車或計程車，帶有彎身進入小空間的感覺。同時，「in」還暗示了「參與活動的狀態」，因此與駕駛有關的情況下也用「in」。例如，「**get in a taxi**（上計程車）」表示通過指示司機目的地而間接參與駕駛；「**get in his car**（上他的車）」，則暗示你可能參與駕駛或擔當導航。

另一方面，「on」表示「接觸」的概念，如跨坐在自行車或馬上，因此是「**on a bike**」或「**on a horse**」。用於公共交通工具，如「**on a bus**」或「**on a train**」，則帶有雙腳扎扎實實站在車輛地板上的意象，僅是乘坐，並未參與駕駛行為。

03 on

③ 持續・進行

Step1　透過圖解來記憶！

當電流接通時，電源處於「on」的狀態。

表動作、狀態「連續」或「進行中」的「on」

請想像電流接通的情景。就好比當開關處於「on」狀態，也就是電流流動時，機器會開始運作，「on」也帶有動作、狀態「連續」或「進行中」的含義。當「on」與自動詞結合，就是用來表示「持續～（做某事）」，例如「He was tired but walked on.」就是「他雖然疲憊，但仍繼續行走」。在電影院裡問「What's on?」表示「現在正在上映什麼電影？」；如果「那位歌手已經上台了」，則用「The singer is already on.」。

Step2 透過插圖與例句進一步掌握！

1 雨「持續」下著

It rained on and on all day.

雨整天下個不停。

「on and on」表示「不斷地，持續地」。

2 在回家「途中」

I met her on my way home.

我在回家途中遇見了她。

3 「持續」進行節食

I'm on a diet these days.

我最近在節食。

「節食」是「go on a diet」。

4 在播放「途中」

We'll be on air in three minutes.

我們將在三分鐘後播出。

75

Step3　使用到on的片語

☐ on strike

形 罷工中

They have been on strike for two months.
他們已經罷工兩個月了。

☐ on sale

形 已發售；特價中

His new book is now on sale.
他的新書已經開賣了。

☐ on duty

形 值勤中

I'll be on night duty tomorrow.
我明天值夜班。

☐ on end

副 持續地，連續地

I studied for ten hours on end.
我連續念了十個小時書。

☐ on one's guard

形 保持警惕，謹慎

Be on your guard against pickpockets.
當心扒手。

☐ later on

副 之後，稍後

I'll talk to you later on.
我們晚點再聊（＝再見）。

☐ on one's mind

形 在心上，惦記

What's on your mind?
你在想些什麼？

☐ go on

動 繼續；發生；經過

What's going on?
發生什麼事了？

☐ go on a picnic

動 去野餐

How about going on a picnic tomorrow?
明天去野餐怎麼樣？

☐ keep on ~ing

動 持續～

He kept on asking me silly questions.
他一直問我無聊的問題。

☐ hold on

動 等一下；請稍候（電話）(= hang on)

Hold on, please.
請稍候，不要掛電話。

☐ carry on (~)

動 繼續（～）

They carried on their negotiations.
他們繼續進行談判。

01 on

④ 時間的接觸・
動作的接觸

Step1　透過圖解來記憶！

表示特定的星期幾時，
帶有乘載其上的意象。

用於接觸到「時間」或「動作」整體的「in」

「at」表示時間的一點、「in」表示有彈性的時間段，而表示星期幾或特定某日時，則可將它們視為浮現的整體，並以「on」來表示穩穩承載其上的意象。例如，「在星期一」是「on Monday」；「在 1 月 1 日」是「on January 1」；「在 1 月 1 日早上」是「on the morning of January 1」；而「在聖誕節當天」則為「on Christmas」。

如果是「On her arrival at the airport, she called the hotel.（她到達機場後馬上打電話給飯店）」，這裡的「on」是 表示與動作的接觸。

Step2 透過插圖與例句進一步掌握！

① 「接觸」到「到達」這個動作

On arriving at the station, he got into a cab.

到達車站後，他立刻搭上計程車。

「on ~ing」表示「一～就～」。

② 「接觸」到特定的時間

The train arrived right on time.

火車準時到達。

③ 「接觸」到「出發」這個動作

The train was on the point of leaving the station.

火車正準備離開車站。

④ 「接觸」到特定的機會

I visit my uncle on occasion.

我偶爾會拜訪我的叔叔。

「occasion」的詞源是「從上方降落」，因此可以想像是日期按鈕上承載著「偶爾」的畫面。

79

05 on

⑤ 對象・方向・壓力・負擔・焦點・影響・作用

> **Step1 透過圖解來記憶！**

想像槓鈴的重量（壓力）壓在選手身上的畫面。

表施加壓力、負擔、影響或作用的「on」

請想像舉重選手的樣子。槓鈴的重量向下施加壓力，同時也成為選手的負擔。由此可見，「on」不僅表示力量或運動的方向和目標，也可用來描述某事物對另一事物施加的壓力、負擔、影響或作用。

on ⑤

Step2　透過插圖與例句進一步掌握！

1 稅金的「負擔」

The government put a new tax on alcoholic beverages.

政府對酒精飲料徵收了新稅。

2 惡作劇的「目標」

Someone played a trick on my dog.

有人對我家的狗惡作劇。

3 花費的「目標」

He spent all the money on gambling.

他把所有的錢都花在賭博上了。

4 費用的「負擔」

"Let's split the bill."
"No, it's on me today."

「我們平分吧。」
「不，今天我請客。」

Step3　使用到on的片語

☐ wait on ~

動 服侍～，伺候～

Are you being waited on?
您需要幫忙嗎？

☐ fall on ~

動 （節日等）落在～；落到～上

My birthday will fall on a Sunday this year.
我今年的生日恰逢星期天。

☐ have an influence on ~

動 對～產生影響

Freudian theory has had a great influence on psychology.
佛洛伊德的理論對心理學產生了巨大影響。

☐ impose A on B

動 把 A 強加於 B；對 B 徵收 A

The government imposed a new tax on wine.
政府針對葡萄酒課徵新稅。

☐ congratulate A on B

動 祝賀 A 的 B

We congratulated him on his promotion.
我們恭喜他升職。

☐ work on (~)

動 致力於～；繼續工作

She is working on a new book.
她正在撰寫一本新書。

on ⑤

☐ decide on ~

[動] 決定～

I've **decided on** this jacket.
我決定選這件夾克。

☐ concentrate on ~

[動] 專注於～（= focus on ~）

Concentrate on your studies.
專心念書。

☐ keep an eye on ~

[動] 照看～（防止被拿走）

Can you **keep an eye on** my bag?
你能幫我看一下包包嗎？

☐ focus A on B

[動] 把 A 的焦點對準 B

She **focused** her camera **on** the cat.
她把相機對準了那隻貓。

☐ be keen on ~

[形] 熱衷於～

She **is keen on** knitting.
她對編織很感興趣。

☐ be intent on ~

[形] 決心要～；專注於～

He **is intent on** winning.
他下定決心要贏得勝利。

83

04 to

① 方向・抵達點・目的・對象

Step1　透過圖解來記憶！

往「學校」這個抵達點前進。

表達指向「抵達點」方向箭頭的「to」

例如「go to the school（去學校）」或「turn to the left（向左轉）」，「to」的核心意象是「方向」。而在「gave a bag to her（把包包給了她）」這樣的句子中，「to」指明了動作的「對象」，其結果是她得到了包包。因此，「to」也有暗示「抵達點」的意涵。「take a train」是「搭乘火車」，而「take a train to Kyoto」則表達出抵達點為「京都」，即「搭火車去京都」。「去上學」可以說「go to school」，不加冠詞的「school」代表了學校的初衷（前去接受教育），此處的「to」便是表達「目的」。

to ①

Step2 透過插圖與例句進一步掌握！

1 以狗為「抵達點」

He threw a ball to the dog.

他把球扔給小狗。

與「throw a ball at the dog」使用「at」的差異，敬請參照 P.60！

2 以上床睡覺為「目的」

She went to bed early last night.

昨晚她早早上床睡覺了。

3 以學習為「目的」

She went to Paris to study music.

她去了巴黎學習音樂。

「不定詞（to V）」的用法也是源自於介系詞「to」。

4 助人的「方向」

I'm ready to help you anytime.

我隨時樂意提供協助。

形容詞後接的「to V」同樣表達「（做某事）～的方向性」。

85

Step3　使用到to的片語

☐ listen to ~

動 聽～，傾聽～

Listen to the teacher carefully.
要認真聽老師講課。

☐ speak to ~

動 對～說話（= talk to ~）

May I **speak to** you for a minute?
我可以跟你說一下話嗎？

☐ keep to ~

動 不偏離（道路）；遵守～

Keep to the right here.
這裡請靠右行駛。

☐ reply to ~

動 回應（回答）（= respond to ~）

She didn't **reply to** my letter.
她沒有回覆我的信。

☐ turn to ~

動 轉向～；依賴～；查閱～

I have no one to **turn to**.
我沒有人可以依靠。

☐ get to ~

動 到達～

How can I **get to** the airport?
我要怎麼去機場？

lead to ~

動 通向～；導致～

All roads lead to Rome.
條條大路通羅馬。

> 表示達成目標的方法有很多種。

amount to ~

動 達到～；等於～

His debts amounted to 1 million dollars.
他的債務高達百萬美元。

appeal to ~

動 向～訴請

He appealed to a higher court.
他向上級法院提起上訴。

look to ~

動 看向～；重視～；期望～

Always look to the future.
我們永遠要放眼未來。

owe A to B

動 把 A 歸功於 B，A 多虧了 B

I owe what I am to my brother.
多虧了我哥，我才能有今天。

expose A to B

動 將 A 暴露於 B 之下

You shouldn't expose your skin to the sun.
你不應該讓皮膚曝曬在陽光下。

Step3　使用到to的片語

☐ help oneself to ~

動 隨意取用～（食物或飲品）

Please help yourself to anything you like.
請隨意取用你喜歡的東西。

☐ apologize to ~

動 向～道歉

He apologized to me for his rude behavior.
他為他的無禮行為向我道歉。

☐ refer to ~

動 提及～；參考～

Please don't refer to this matter again.
請不要再提到這件事了。

☐ look forward to ~

動 期待～

I look forward to seeing you again.
我期待再次見到你。

☐ pay attention to ~

動 注意～；關注～

Please pay attention to me.
請注意我這裡。

☐ pay a visit to ~

動 拜訪～

We paid a visit to the museum.
我們參觀了博物館。

☐ go to work

動 去上班

I have to **go to work** on Saturdays.
我週六必須去上班。

☐ sit down to dinner

動 坐下用餐

We are just about to **sit down to dinner**.
我們正準備坐下來吃晚餐。

☐ come to one's aid

動 前來幫助～（= come to one's rescue）

I have **come to your aid**.
我是來幫你的。

☐ drink to~

動 為（健康、幸運、成功）～乾杯

Let's **drink to** your success!
讓我們為你的成功乾杯！

☐ be open to ~

形 向～開放

The garden **is open to** the public on Sundays.
這座花園週日對外開放。

☐ be grateful to ~

形 感激～

I'**m grateful to** you for your support.
感謝您的支持。

Step3　使用到to的片語

☐ be essential to ~

形 對～而言是不可或缺的

I wonder if money is essential to happiness.
金錢對幸福而言至關重要嗎？

☐ be familiar to ~

形 為～所熟悉的

He is familiar to many people in this town.
他在這個城鎮裡為人所熟知。

☐ be kind to ~

形 對～友善（＝be nice to ~）

Be kind to the elderly.
善待老人。

☐ be sensitive to ~

形 對～敏感的

I'm sensitive to heat.
我很怕熱。

☐ be indifferent to ~

形 對～漠不關心

Many young people are indifferent to politics.
政許多年輕人對政治漠不關心。

☐ be subject to ~

形 容易受～影響；受制於～

This schedule is subject to change.
此行程有可能異動。

☐ be apt to ~

形 很容易～，有～的傾向

I'm apt to be forgetful these days.
我最近很容易忘東忘西。

☐ be sure to ~

形 務必～

Be sure to lock your bike.
一定要把你的腳踏車鎖好。

☐ be due to ~

形 預定～；由於～

He's due to arrive tomorrow.
他預計明天到達。

☐ be free to ~

形 自由～（做某事）

You are free to come anytime.
你可以隨時來。

☐ be likely to ~

形 有可能～

It's likely to rain at any moment.
隨時可能會下雨。

☐ be willing to ~

形 樂意～，願意～

I'm willing to accept the offer.
我樂意接受這個提案。

04 to

② 對比・對立

> **Step1　透過圖解來記憶！**

雙方的箭頭方向相互衝突，
形成「對立」的意象。

以相互衝突的意象表對立的「to」

想像兩個男人相互對視。這種情景為「to」帶來了「對比」或「對立」的含義。「sit face to face」表示「面對面坐」；「sit back to back」表示「背對背坐」。
此外，「一對一談話」原本是「a man-to-man talk」，但因帶有性別歧視的意味，現在更常用「a person-to-person talk」或「a one-to-one talk」來表述。

Step2　透過插圖與例句進一步掌握！

1 美元與日圓的「對比」

What's the exchange rate for US dollars to Japanese yen?

美元對日圓的匯率是多少？

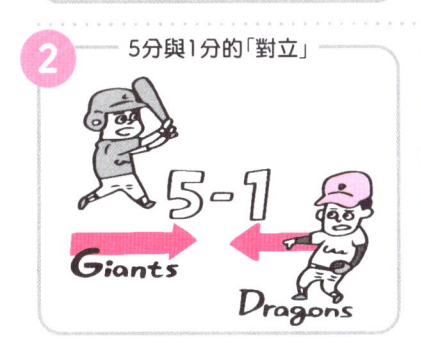

2 5分與1分的「對立」

The Giants defeated the Dragons with a score of 5 to 1.

巨人隊以5比1擊敗了龍隊。

3 與他人的「對比」

As a baseball player, he is second to none.

作為一名棒球選手，他不輸任何人。

4 人與魚的「對比」

Air is to us what water is to fish.

空氣之於我們，正如水之於魚。

句型：A is to B what C is to D（A 之如 B，正如 C 之於 D）。

Step3　使用到to的片語

☐ be superior to ~

形 比～優秀

Your computer is superior to mine.
你的電腦比我的更高級。

☐ be inferior to ~

形 比～差勁

He's inferior to her in terms of skill.
論技術，他不如她。

☐ be senior to ~

形 比～地位高

He's senior to everyone else in the company.
他在公司裡的地位高於所有人。

☐ be junior to ~

形 比～地位低

He's still junior to me at work.
在工作上，他的資歷仍比我淺。

☐ prefer A to B

動 比起 B 更喜歡 A

I prefer oranges to bananas.
比起香蕉，我更喜歡橘子。

☐ prior to ~

介 在～之前

You can check in two hours prior to the departure time.
出你可以在出發時間前兩小時辦理登機手續。

compare A to B

動 把 A 比作 B

Life is often compared to a voyage.
人生常被比喻為一趟航行。

be contrary to ~

形 與～相反

My views were contrary to those of my parents.
我的觀點與我的父母相反。

object to ~

動 反對～

I object to being treated like that.
我反對受到那樣的對待。

be equal to ~

形 與～相等；勝任～

I'm not sure he's equal to the task.
我不確定他是否能勝任這項工作。

face to face

副 面對面地

I've never met him face to face.
我從來沒當面見過他。

be opposed to ~

動 反對～

She was opposed to signing the contract.
她反對簽署這份合約。

04 to

③ 連接・一致・適合

Step1　透過圖解來記憶！

雙方的箭頭指向同一方向，
形成「一致」的意象。

將面對面的箭頭視為「連結」的「to」

表示對比的「sit face to face（面對面坐）」，如果換個角度來看，將其視為一種空間上的連結，「to」就會衍生出「接觸」、「適合」、「一致」等含義。例如，「have a heart-to-heart talk（推心置腹的交談）」，表現的是心靈之間的連結。「門的鑰匙」是「the key to the door」，而抽象的連結，如「成功的秘訣」則是「the key to success」。還有其他例子，例如「the road to peace（和平之道）」、「the solution to the problem（問題的解方）」。

Step2 透過插圖與例句進一步掌握！

1 臉頰與臉頰的「連結」

They were dancing cheek to cheek.

他們跳著貼面舞。

2 與鋼琴聲的「連結」

Let's sing along to the piano.

讓我們伴著琴聲歌唱吧。

3 與電視的「連結」

The kids are glued to the TV.

孩子們看電視看得目不轉睛。

「glue」作為動詞表示「黏住」、「緊貼」；作為名詞則意為「膠水」、「黏著劑」。

4 與訂書機的「連結」

He stapled the duty-free receipt to my passport.

他用訂書機把免稅商品的收據釘在我的護照上。

Step3　使用到to的片語

☐ attach A to B

動 把 A 附加到 B

Please attach this label to your baggage.
請將這個標籤貼在行李上。

☐ adjust (A) to B

動 （將 A）調整為 B，習慣 B

He adjusted his watch to the correct time.
他將手錶調整到正確的時間。

☐ adapt (A) to B

動 （使 A）適應 B，習慣 B

I haven't adapted to the climate here yet.
我還沒有適應這裡的氣候。

☐ accustom A to B

動 使 A 習慣於 B

It took me a while to accustom myself to the new way of life there.
我花了一些時間才習慣那裡新的生活方式。

☐ add A to B

動 將 A 加入 B

Would you add some sugar to my coffee?
可以幫我在咖啡裡加點糖嗎？

☐ apply to ~

動 適用於～

These rules apply to everyone.
這些規則適用於所有人。

agree to ~

動 同意～

> 此表現用於對提案或計劃的同意。若同意的是人或人的意見，則用「agree with ~」（請參照P.166）。

I can't **agree to** your proposal.
我無法同意你的提案。

correspond to ~

動 與～一致，相當於～

His words **corresponded to** the facts.
他說的話與事實相符。

belong to ~

動 屬於～；歸～所有

He **belongs to** the swimming club.
他是游泳隊的成員。

stick to ~

動 黏在～上；堅持～

Chewing gum **stuck to** the bottom of my shoe.
口香糖黏在我的鞋底上。

adhere to ~

動 黏附於～；堅持～；遵守～

You have to **adhere** strictly **to** the rules.
你必須嚴格遵守規則。

cling to ~

動 緊緊抓住～；堅持～

The kittens are **clinging to** their mother.
小貓們緊緊依偎在母親身邊。

Step3 使用到to的片語

☐ take to ~

動 喜歡上;開始~(作為習慣)

The dog took to him immediately.
那隻狗立刻喜歡上了他。

☐ conform to ~

動 遵守~,符合~

You have to conform to the local customs.
地你必須遵守當地的習俗。

☐ devote A to B

動 把 A 奉獻給 B

She devoted her whole life to helping poor people.
她將一生奉獻於幫助貧困的人們。

☐ attribute A to B

動 把 A 歸因於 B

He attributed his failure to bad luck.
他把失敗歸咎於運氣不好。

☐ get married to ~

動 和~結婚

He got married to Alice last year.
他去年和愛麗絲結婚了。

☐ contribute to ~

動 為~作出貢獻;向~捐助

Your hard work really contributes to the success of the company.
你的努力確實為公司的成功作出了貢獻。

◻ be similar to ~

形 與～相似

My opinion is similar to yours.
我的意見和你的很相似。

◻ according to ~

介 根據～，按照～

According to the weather forecast, it will rain this afternoon.
根據天氣預報，今天下午會下雨。

◻ to one's taste

形 符合某人的喜好（= to one's liking）

This shirt isn't to my taste.
這件襯衫不合我的喜好。

◻ to the point

形 切中要點

「離題」則是「off the point」（請參考P.155）。

What you're saying is to the point.
你說的話切中要點。

◻ made to order

形 訂作的，量身訂製的

He has all his suits made to order.
他的西裝全都是訂製的。

◻ to no purpose

副 徒勞無功

He did his best but to no purpose.
他盡了最大的努力，但仍然徒勞無功。

04 to

④ 界限・結果

Step1　透過圖解來記憶！

朝向「界限」推進的箭頭
以及所到達之「結果」的意象。

表現事物的「界限」與「結果」的「to」

「數到 10」是「count to ten」；在英式英語中，「再 5 分鐘 10 點」則為「It's five to ten.」，直譯為「距離 10 點還有 5 分鐘」。在不定詞（to V）用法中，「His dog lived to be 10 years old.」表示「他的狗活到了 10 歲」。在以上情況中，均可將 10 視為是一個「界限」。

「She went to Paris to study music.」可以解釋為「她為了學音樂而去了巴黎」，但也可以理解為「她去巴黎後，學了音樂」，強調的是「結果」。

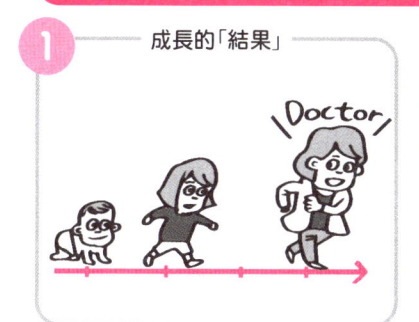

Step2　透過插圖與例句進一步掌握！

1 成長的「結果」

She grew up **to** be a doctor.

她長大後成為了一名醫生。

2 念書的「結果」

He studied hard **only to** fail the exam.

他已經努力念書，結果還是沒考上。

「only to ~」表示不好的結果。

3 考試的「結果」

To his disappointment, he failed the exam.

令他失望的是，他沒能考上。

More Information
表達情感的句型也是在表現結果

如「to one's disappointment」，〈to one's ~（情緒名詞）＝ 令某人感到～的是～〉這樣的句型，其中的「to」也表示「結果」。

「disappointment（失望）」也可替換為「surprise（驚訝）」、「sorrow（悲傷）」、「regret（後悔）」、「joy（喜悅）」等等。

103

Step3　使用到to的片語

☐ be moved to tears
動 感動得流淚

He was moved to tears by the movie.
他被這部電影感動得流下了眼淚。

☐ be sentenced to ~
形 被判～的刑罰

The robber was sentenced to three years in prison.
那名強盜被判處三年徒刑。

☐ be smashed to pieces
動 被砸得粉碎

The boat was smashed to pieces.
那艘船被砸得粉碎。

☐ get soaked to the skin
動 渾身濕透

He got soaked to the skin in the rain.
他被雨淋得渾身濕透。

☐ to one's heart's content
副 盡情地，心滿意足地

He swam to his heart's content.
他盡情地游泳。

☐ to (the best of) one's knowledge
副 據～所知

To the best of my knowledge, she's an able secretary.
據我所知，她是一位能幹的秘書。

to some extent

副 在某種程度上

I can understand your position to some extent.
在某種程度上,我可以理解你的立場。

to the end

副 直到最後

She tried her best to the end.
她直到最後都盡了全力。

to the full

副 充分地,盡情地

I enjoyed myself to the full.
我盡情地享受了這段時光。

come to an end

動 結束

The argument came to an end at midnight.
這場爭論在午夜結束了。

put an end to ~

動 終止～

Now is the time to put an end to racism.
現在該是終止種族歧視的時候了。

to the last drop

副 到最後一滴

He drank the wine to the last drop.
他把酒喝得一滴不剩。

05 for

① 方向・為了・對於

> Step1　透過圖解來記憶！

禮物是要給位於
張開雙臂範圍內的那個人。

表張開雙臂範圍內及其前方方向的「for」

「for」的詞源是「在前方」、「在～之前」，原義為「朝向前方推進」。
張開雙臂內的範圍，以及雙臂延伸出去的「方向」，都是「for」的核心意象。例如，送給位於雙臂前方範圍的人的禮物就是「a present for you（給你的禮物，為你準備的禮物）」。
如果將前面的方向換成「時間」，如「reserve a table for 7 o'clock」，則表示「在七點預約訂位」。

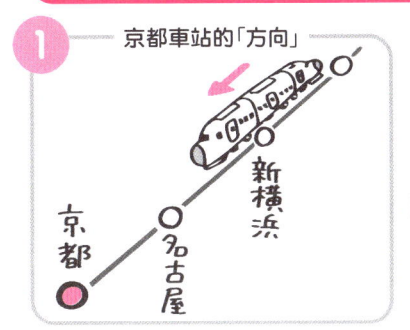

Step2　透過插圖與例句進一步掌握！

1 京都車站的「方向」

He took a train bound for Kyoto Station.

他搭上了開往京都車站的電車。

最後不一定有抵達京都車站。

2 「為了」你

This is for you, Keiko.

惠子，這是送給妳的。

給對方禮物時的常用表達句子。

3 「為了」聖子

I bought a bag for Seiko.

我買了個包包給聖子。

4 6點的「方向」

I set the alarm for 6 o'clock.

我把鬧鐘設在了6點。

Step3　使用到to的片語

☐ leave for ~

動 前往~

The plane left for Hawaii.
飛機飛往夏威夷。

☐ head for ~

動 朝~的方向前進

We headed for the airport.
我們直奔機場。

☐ bound for ~

形 開往~的

He boarded a ship bound for India.
他登上了開往印度的船。

More Information
「give」是「to + 人」,「buy」是「for + 人」

「**I gave a bag to her.**（我給了她一個包包）」這句話中的 to her 是必要的,如果省略,就無法確認包包是給了誰,句子也會因此無法成立。

不過,「**I bought a bag.**（我買了一個包包）」,即使省略了「買給誰」也能成立,因為它可以理解為「買給自己」。這就是大考英文常見的「授與動詞」。

類似「**buy**」的動詞還有:「**make**（製作）」、「**choose**（選擇）」、「**find**（找到）」、「**cook**（烹飪）」、「**order**（訂購）」等,通常與介系詞「**for**」結合使用,表達「為某人做某事」。

stand up for ~

動 為～挺身而出

They stood up for women's rights.
他們為女性的權利發聲。

prepare for ~

> 安排旅程與計劃行程等事前準備。

動 為～做準備

He is busy preparing for the trip.
他正忙於為旅行做準備。

provide for ~

動 供養～

I have to provide for three children.
我得養活三個孩子。

be fit for ~

形 適合～（＝be suitable for ～）

You are not fit for this job.
你不適合這份工作。

be good for ~

形 對～有用，對～有效

This ticket is good for every ride in the amusement park.
這張票適用於遊樂園內所有遊樂設施。

be ready for ~

> 打包行李等出發前的準備工作。

形 為～做好準備

Are you ready for the trip?
你準備好去旅行了嗎？

109

05 for

② 目的・目標・追求・尋求

> **Step1** 透過圖解來記憶！

彷彿用燈光在黑暗中「尋求」某物的意象。

表目的或追求目標的「for」

請試著將張開雙臂的範圍與方向，轉換為黑暗中用手電筒照射時光線的範圍與方向。這正表達了「目的」或「追求」的意象。

「go for a drink」就是「去喝一杯」，「go for a walk」則是「去散步」。「A kettle is used for boiling water.」則表示「水壺是用來燒水的」，這些例子都表現了「目的」。

同樣地，「What did you do such a thing for?」就是「你為什麼要做這樣的事情？」是在詢問行為的目的。

此外，張開雙臂接納的行為也引申出「支持」的含義，例如：「I'm for your plan.」表示「我支持你的計劃」；「I voted for the plan.」表示「我對這個計劃投了贊成票」。

Step2　透過插圖與例句進一步掌握！

1 「尋求」牛奶

The baby is crying for milk.

寶寶正哭著想喝奶。

2 「尋求」一本書

He reached for a book on the shelf.

他伸手去拿書架上的一本書。

3 「尋求」和平

We hope for a peaceful end to the conflict.

我們期盼衝突能和平結束。

4 「尋求」啤酒

I'm dying for a beer.

我特別想喝啤酒。

「dying」是「die（死亡）」的現在分詞（V-ing），「be dying for ~」表示「非常渴望~」。

111

Step3　使用到for的片語

☐ look for ~

[動] 尋找~

Are you looking for anything?
您在找什麼嗎?

☐ search for ~

[動] 搜尋~；尋求~

The police are searching for the missing child.
警察正在搜尋失蹤的孩子。

☐ ask (A) for B

[動] 向（A）要求（B）

The workers asked for a pay increase.
工人們要求加薪。

☐ call for ~

[動] （公開地）要求~，呼籲~

They are calling for his resignation.
他們要求他辭職。

☐ long for ~

[動] 渴望~

My son is longing for Santa Claus to come.
我的兒子渴望聖誕老人的到來。

☐ apply for ~

[動] 申請~；應徵~

It's too late to apply for the job.
要應徵這份工作已經太遲了。

send for ~

動 派人去請～

Send for a doctor right now.
今請立刻叫醫生來。

care for ~

動 喜愛～；照顧～

Would you **care for** another drink?
再來一杯怎麼樣？ （＊譯注：也可以用於提供食物及飲料的時候。）

wish for ~

動 希望得到（難以實現的東西）

They have long **wished for** a new house.
他們一直渴望擁有一棟新房子。

yearn for ~

動 嚮往～，非常想要～

The couple **yearned for** a child.
這對夫婦非常希望能有一個孩子。

be eager for ~

形 渴望～

He **is eager for** success.
他渴望成功。

be anxious for ~

形 擔憂～

We **are anxious for** her safety.
我們非常擔心她的安危。

05 for

③ 交換・等價・代價

> **Step1　透過圖解來記憶！**

支付5萬元以獲得
位於雙手前方範圍的包包的意象。

表將某物和某物「交換」、「等價・代價」的「for」

看到雙手前方有個喜歡的包包，就會支付金錢把它變成自己的東西，如「I bought the bag for 50,000 yen.」表示「我花5萬日圓買了這個包包」，「for」在此引申出「對價」、「代價」、「交換」的意思。

「Say hi to your wife for me.」是一種道別時的慣用語，意思是「替我向你妻子問好」。其中的「for me」並不是「為了我」，而是「代替我」的意思。

Step2　透過插圖與例句進一步掌握！

① 勞動與獎勵的「交換」

This is a reward for your hard work.

這是你努力工作的獎勵。

② 手錶與金錢的「交換」

I have no money for this watch.

我沒有錢可以買這支手錶。

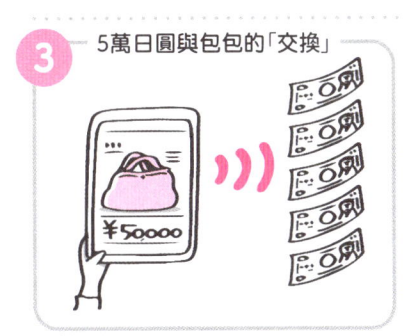

③ 5萬日圓與包包的「交換」

I sold the bag for 50,000 yen.

我以 5 萬日圓的價格賣掉了這個包包。

④ 英語與法語的「交換」

What is the word for "chopsticks" in French?

法語的「筷子」要怎麼說？

Step3　使用到for的片語

☐ pay for ~

動 支付～的費用；償還～

Who paid for your driving lessons?
自誰幫你付了駕訓班的費用？

☐ exchange A for B

動 用 A 交換 B

Where can I exchange my yen for pounds?
我可以在哪裡把日圓兌換成英鎊？

☐ trade A for B

動 用 A 交換 B（＝swap A for B）

Can I trade my watch for yours?
私我可以用我的手錶和你的交換嗎？

☐ for nothing

副 免費地（＝for free）

You can get it for nothing.
た 你可以免費得到它。

☐ stand for ~

動 代表～；支持～

"UN" stands for "United Nations."
「UN」代表「國際聯合（United Nations）」。

☐ substitute A for B

動 用 A 代替 B

I substituted margarine for butter.
我用人造奶油來取代奶油。

compensate for ~

動 賠償～，彌補～

Money can't compensate for loss of life.
金錢無法彌補生命的逝去。

speak for ~

動 代為發言；為～辯護

The captain spoke for his team.
隊長代表他的隊伍發言。

account for ~

動 占～；解釋～；成為～的原因

Semiconductors account for 50% of our total sales.
半導體占了我們總銷售額的 50%。

word for word

副 逐字逐句，精確地

Don't translate word for word.
不要逐字逐句地翻譯。

in return for ~

介 作為～的回報

I'll buy you lunch in return for your help.
為了感謝你的幫忙，午餐我請客。

in exchange for ~

介 作為～的交換

Will you give me your chocolate in exchange for my cake?
我用蛋糕跟你換巧克力好嗎？

05 for

④ 理由・原因

> **Step1　透過圖解來記憶！**

感謝的理由在於
位於雙手前方範圍的「禮物」。

> **表達行為理由或原因的「for」**

張開雙手，對於正遞上禮物的人表示感謝，這樣的表現就是「Thank you for the present.（感謝你的禮物）」。由此，「for」也 引申出「理由」或「原因」的意思。「thank 人 for ~」表示「因為～而感謝某人」。

Step2 透過插圖與例句進一步掌握！

1 戒菸的「理由」

For this reason I stopped smoking.

基於這個理由，我把菸戒了。

「This is why I stopped smoking.」也是相同的意思。

---

2 有名的「理由」

This town is known for its dolls.

這個小鎮因娃娃而聞名。

「be known for ~」可替換為「be famous for ~（因～而出名）」。

---

3 枯萎的「理由」

The tree died for want of water.

這棵樹因缺水而枯死了。

「for want of ~」換成「for lack of ~」也是相同的意思。

---

4 跳躍的「理由」

She jumped for joy.

她高興地跳了起來。

05 for

⑤ 時間範圍

> Step1　透過圖解來記憶！

以「雙手張開的範圍」
來表示時間的幅度。

與數字或時間相關詞彙一起使用時，表達「範圍」的「for」

將雙臂張開的範圍視為時間的範圍，時間的長短從「for a few seconds（數秒）」到「forever（永遠）」不等。表示「～期間」的介系詞還有「during」，但「for」用於數字或具體的時間表達，「during」則用於「during the summer（夏天期間）」、「during the meeting（會議期間）」等某個狀態持續的期間，通常有明確的起點和終點。「I was in the hospital for two weeks during the summer.」表示「我在夏天期間住院了兩週」。

for ⑤

Step2　透過插圖與例句進一步掌握！

1 表示很長的「時間範圍」

I haven't seen him for a long time.

我已經很久沒見到他了。

「for a long time」也可以簡化為「for long」。

2 表示數年的「時間範圍」

I haven't seen her for years.

我已經好幾年沒見到她了。

「for years」可以換成「for ages」。

3 表示一段期間的「時間範圍」

I'll stay at this hotel for a while.

我會在這家飯店住一段時間。

4 表示暫且的「時間範圍」

I have enough money for the time being.

我身上的錢暫且夠用。

121

05 for

⑥ 觀點・標準・關聯

> Step1　透過圖解來記憶！

以張開雙手的範圍作為標準。

表有限範圍內的「觀點／標準」的「for」

將張開雙手範圍內的時間限定為 5 月。「以 5 月為標準」，從 5 月的平均氣溫這個「觀點」來看，超出或低於這個「標準」，則可以說「It's cold / warm for May.」意為「以 5 月而言，天氣很冷／很暖」。

同樣地，如果有個在城市長大的孩子，卻對鄉間生活了解很多，便可以說「He knows a lot about life in the countryside for a city boy.（以一個在城市長大的孩子而言，他對鄉間生活所知甚詳）」。

「a present for her（給她的禮物）」表達的是將禮物交給位於雙臂前方的她；但若是「a difficult problem for her」，則視角會轉向她，意為「對她而言的難題」。

Step2　透過插圖與例句進一步掌握！

1 與晚餐「相關」

What would you like for dinner?

你晚餐想吃什麼？

2 以今天為「標準」

That's all for today.

今天就到這裡了。

「So much for today.」也有相同意思。

3 以初學者為「標準」

For a beginner, he skis very well.

以初學者的標準來看，他滑雪滑得非常好。

4 以我為「標準」

This sweater is too big for me.

這件毛衣對我來說太大了。

Step3　使用到for的片語

☐ act for ~

動 擔任～的代理

I acted for my father.
我代替父親出席。

☐ pass for ~

動 被認為是～

You could easily pass for thirty.
你看起來完全可以被認作30歲。

> 「could」為假設用法，表示「如果是你的話」。

☐ take ~ for granted

動 視～為理所當然

I took it for granted that he would fail.
我認為他的失敗是理所當然。

☐ take A for B

動 將A認為是B；誤認A為B

I took him for his twin brother.
我把他錯認為他的雙胞胎兄弟。

☐ for now

副 暫時，目前

That's all for now.
目前就這些。

☐ for one's age

副 與年齡相比

She looks young for her age.
她看起來比實際年齡年輕。

for example

副 例如（= for instance）

Many countries including Japan and China, for example, have a lot of earthquakes.
許多國家，例如日本和中國，都經常發生地震。

for one's part

副 就～而言，關於

For my part, I prefer living in the suburbs.
就我而言，我更喜歡住在郊區。

as for ~

介 至於～，關於～

As for me, I'm for the proposal.
至於我，我支持這個提案。

for the most part

副 大部分情況下

It snowed for the most part during my stay in Hokkaido.
我在北海道期間，大部分時間都在下雪。

for one thing

副 一方面

For one thing, I don't like a cold climate.
一方面，我不喜歡寒冷的氣候。

for all ~

介 儘管～

For all his faults, he is a good teacher.
儘管他有缺點，他仍然是一位好老師。

06 from

① 起點・起源・產地・出身

> Step1　透過圖解來記憶！

葡萄酒的「來源」。

以「來源」為意象的「from」

大家都知道「from」是「從～」的意思，**但其核心意象是某地的「起點」，即「來源」**。如果葡萄酒的來源是法國，則是「wine from France（法國產的葡萄酒）」；如果詞彙的來源是拉丁語，則是「a word from Latin（源自拉丁語的詞彙）」；如果力士的出身地是夏威夷，則是「a sumo wrestler from Hawaii（來自夏威夷的相撲力士）」。如同上述，**可用來表達「產地」、「起源」及「出身」等意思**。

from ①

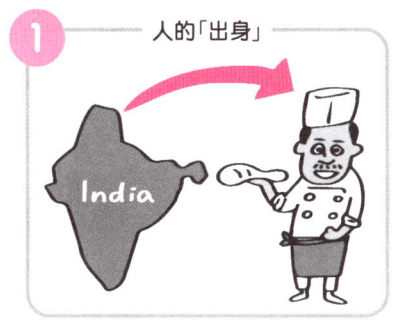

Step2　透過插圖與例句進一步掌握！

1 人的「出身」

"Where are you from?"
"I'm from India."

「您是來自哪裡呢？」
「我是印度人。」

---

2 葡萄酒的「來源」

Wine is made from grapes.

葡萄酒是由葡萄製成的。

原料也可視為是葡萄酒的來源（起點）。

---

3 友誼的「起點」

She is a friend from work.

她是我工作認識的朋友。

將相遇的地方視為起點。「my teacher from high school」則表示「高中時期的老師」。

---

4 工作的「起點」

I work from home these days.

最近我都在家工作。

將工作的起點視為家中。

127

06 from

② 地點和時間的
起點・出發點

Step1　透過圖解來記憶！

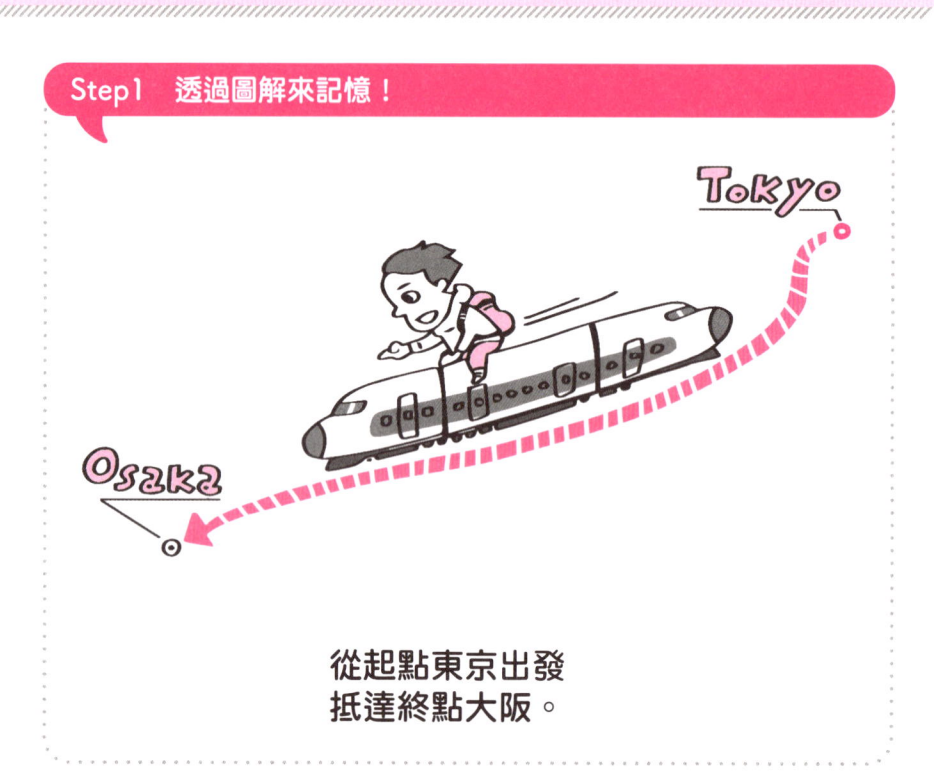

從起點東京出發
抵達終點大阪。

表地點或時間起點的「from」

「from」的詞源是「前進」，不僅僅是標示起點，而是強調從起點「出發」的意象。例如，「起點東京，終點大阪的列車」是「a train from Tokyo to Osaka」，表示起點或出發點的「from」經常與表示方向或抵達點的「to」一起使用，形成「from A to B（從 A 到 B）」的結構。例如，「從 1 數到 10」就是「count from one to ten」。時間上的起點或出發點也用「from」，例如「從早上 9 點工作到下午 5 點」就是「work from nine to five」。此外，像「from top to bottom（從上到下）」或「from door to door（挨家挨戶）」這樣對偶或採用同一詞彙的表述，通常不加冠詞。

Step2　透過插圖與例句進一步掌握！

1 以10號月台為「出發點」

The next train for Paris leaves from track number 10.

下班開往巴黎的列車將從 10 號月台發車。

2 以車站為「出發點」

This bus goes from the station to the airport.

這輛巴士從車站開往機場。

3 以11點為「起點」

The store is open from 11 a.m.

這家商店從上午 11 點開始營業。

4 以星期一為「起點」

He works from Monday to Thursday.

他從星期一上班到星期四。

Step3　使用到from的片語

☐ derive from ~

動 源自於～

This word derives from Greek.
這個單字源自希臘語。

☐ hear from ~

動 ～有來信或聯絡

I've heard nothing from him recently.
最我最近沒有收到他的任何消息。

☐ graduate from ~

動 畢業於～

She graduated from Keio University last year.
她去年畢業於慶應義塾大學。

☐ recover from ~

動 從～恢復，重拾健康

She recovered from a heart attack.
她已從心臟病發中康復。

☐ order A from B

動 從 B 處訂購 A

I often order books from a New York bookshop.
我經常從紐約的一家書店訂購書籍。

☐ borrow A from B

動 向 B 借 A

I borrowed this DVD from Tom.
這張 DVD 是我向湯姆借的。

☐ live from hand to mouth

動 僅夠糊口,勉強度日

We **lived from hand to mouth** when I was young.
我年輕時,家中過著勉強糊口的生活。

☐ go from bad to worse

動 每況愈下

The situation **went from bad to worse**.
情況變得越來越糟糕。

☐ from time to time

副 偶爾

I get headaches **from time to time**.
我偶爾會頭痛。

☐ from day to day

副 每天,日復一日

These days the weather keeps changing **from day to day**.
最近的天氣每天都在變化。

☐ from beginning to end

副 從頭到尾

Did you read the book **from beginning to end**?
這本書你有從頭到尾讀過嗎?

☐ from now on

副 今後,從現在起

I'll be careful **from now on**.
我以後會小心的。

06 from

③ 根據・觀點・原因

> **Step1** 透過圖解來記憶！

「from my point of view」
是以我為起點所看到的「觀點」。

從意見或想法的「起點」出發的「from」

不僅限於物理地點，如果以意見、想法等抽象概念為起點，則「from」可用來表示「根據」或「觀點」的意思。例如，「from my point of view」是「從我的觀點來看」；「speaking from my experience」是「根據我的經驗來說」。
另外，像「He's suffering from depression.（他患有憂鬱症）」，則可想成他所受的苦（suffering），是由憂鬱症這個「原因」為起點所導致。

Step2　透過插圖與例句進一步掌握！

1 以天空的樣子為「根據」

Judging from the look of the sky, it's going to rain.

從天空的樣子來判斷，似乎要下雨了。

---

2 以長途飛行為「原因」

He's tired from a long flight.

他因長途飛行而感到疲倦。

---

3 以過勞為「原因」

He died from overwork.

他因過勞而逝世。

4 以寒冷為「原因」

The cat is shivering from the cold.

那隻貓因寒冷而瑟瑟發抖。

06 from

④ 分離・阻止・抑制・區分

Step1　透過圖解來記憶！

畫一條線來和「其他」群體做「區分」的意象。

透過「區分」表分離或阻止的「from」

「ten kilometers from Asakusa（距離淺草 10 公里）」是指將淺草作為起點，「離開這裡 10 公里外」的位置，因此「from」可用來表示「分離」。「Five from ten is five.」是「10 減掉 5 等於 5」，這裡可理解為「移除」的意思。如果要將冰箱裡的肉品與其他食物分隔開來，可以說「separate meat from other food in the fridge」，此處意指「區分」。

將這種區分解釋為「行為上的分離」，還可以引申出「阻止」或「禁止」的含義，例如「The typhoon stopped the ship from sailing.（颱風阻止了船隻的航行）」。

from ④

Step2　透過插圖與例句進一步掌握！

1 與完美的狀態「分離」

His answer was far from perfect.

他的答案完全談不上完美。

「far from ~」直譯為「距離~很遠」，引申為「完全不是~」的意思。

---

2 從鳥籠中「分離」

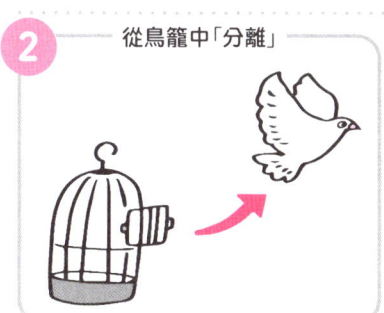

The bird escaped from the cage.

那隻鳥從籠子裡逃了出來。

---

3 與作業的「區別」

I have a lot of things to do aside from schoolwork.

除了學校的功課外，我還有很多事情要做。

---

4 與妻子「分離」

He lives apart from his wife for a specific reason.

基於某種特定原因，他與妻子分居中。

135

Step3　使用到from的片語

☐ refrain from ~

動 避免～

Please refrain from smoking.
請勿吸煙。

☐ keep A from ~ing

動 妨礙 A 做～（讓人無法）

The heavy rain kept me from going out.
大雨讓我沒辦法出門。

☐ save A from ~ing

動 拯救 A 免於～

He saved the boy from drowning.
他救了那個快溺水的男孩。

☐ prevent A from ~ing

動 妨礙 A 做～

The snow prevented him from coming on time.
大雪使他無法準時到達。

☐ prohibit A from ~ing

動 禁止 A 做～

The country prohibits tourists from bringing plastic bags.
該國禁止遊客攜帶塑膠袋入境。

☐ discourage A from ~ing

動 勸阻 A 做～

My parents tried to discourage us from getting married.
我的父母試圖阻止我們結婚。

☐ tell A from B

[動] 區分 A 與 B

I can't **tell** him **from** his brother.
我分不出他和他哥哥。

☐ know A from B

[動] 辨別 A 與 B

It isn't always easy to **know** a good book **from** a bad one.
分辨哪本是好書、哪本是爛書並不那麼容易。

☐ distinguish A from B

[動] 區分（識別）A 與 B

How can you **distinguish** genuine pearls **from** cultured pearls?
如何區分天然珍珠和養殖珍珠？

☐ be different from ~

[形] 與～不同（= different from ~）

My opinion **is different from** his.
我的意見與他不同。

☐ be distinct from ~

[形] 與～截然不同，明顯有別

The animal cell **is distinct from** a plant cell.
動物細胞與植物細胞截然不同。

☐ vary from A to A

[動] 因 A 而異

The weather **varies from** hour **to** hour.
天氣每小時都在變化。

07 of

① 整體的一部分・構成

Step1　透過圖解來記憶！

以山為背景，作為整體中「一部分」的山頂與山腳。

以某物為背景，指該整體中一部分的「of」

「of」經常被理解為「～的」，但諸如「at the top of the mountain（在山頂）」或「at the foot of the mountain（在山腳）」這樣的用法，則代表「山頂」與「山腳」是山的整體的一部分，兩者與山是不可分割的關係。這樣的「A of B（B 的 A）」是用來表示「整體（B）」與「部分（A）」的關係，將整體（B）作為背景，把焦點放在其中的一部分（A）。

例如，「團隊的一員」是「a member of the team」，此處表示「隸屬」的意思；而從團隊的角度來看，則可以解釋為「擁有」或「構成」。

of ①

Step2 透過插圖與例句進一步掌握！

1 我的舊友的「一部分」

Joe is an old friend of mine.

喬是我的一位舊友。

---

2 東京的「一部分」

He was born in the Asakusa district of Tokyo.

他出生於東京的淺草區。

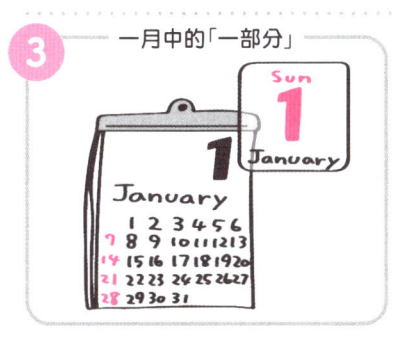

---

3 一月中的「一部分」

She was born on the 1st of January.

她是在 1 月 1 日出生。

---

4 全部（四季）的「一部分」

I like summer the best of all.

我最喜歡四季中的夏天。

「the best」的「the」可省略。

139

07 of

② 構成・份量

> **Step1　透過圖解來記憶！**

酒杯的背景是紅酒。

表構成「全體」的種類或份量的「of」

舉凡「a glass of wine（1 杯紅酒）」、「a cup of coffee（1 杯咖啡）」、「a bottle of beer（1 瓶啤酒）」等慣用的表達，如果將紅酒、咖啡、啤酒視為背景，就能更清楚理解這些用法；也可理解為酒杯、咖啡杯及瓶子的內容物，是由紅酒、咖啡及啤酒所「構成」。
此外，像「a kind (= sort / type) of pasta（義大利麵的一種）」或「three kilos of rice（3 公斤米）」這樣的表達，也可以用來表示「種類」或「份量」。

Step2　透過插圖與例句進一步掌握！

1 「構成」材料的棉質

This shirt is made of cotton.

這件襯衫是棉製的。

2 「構成」整個蛋糕的一塊

"Can you finish it an hour?" "Sure, it's a piece of cake."

「你能在一小時內完成它嗎？」
「當然，輕而易舉。」

「a piece of cake」直譯為「一塊蛋糕」。一塊蛋糕輕鬆就能吃掉，因此用來比喻「能輕鬆完成的事」、「輕而易舉」。

3 金錢「份量」的一部分

I'll save some of the money.

我會把一部分的錢存下來。

4 「構成」香蕉的一束

He bought a bunch of bananas at the market.

他在市場裡買了一束香蕉。

Step3　使用到of的片語

☐ consist of ~

動 由～組成

My English class consists of ten people.
我的英語班由 10 人組成。

☐ be composed of ~

動 由～組成

Water is composed of hydrogen and oxygen.
水是由氫和氧構成的。

☐ a bit of ~

形 少量的～

I have a bit of a cold.
我有點感冒了。

☐ a couple of ~

形 兩個～，兩三個～

I'll be back in a couple of minutes.
我兩三分鐘後回來。

☐ a variety of ~

形 各種～，各式各樣的～

This shop sells a variety of goods.
這家店販賣各種商品。

☐ a great deal of ~

形 大量的～（不可數名詞）

They drink a great deal of tea in England.
在英格蘭，人們大量飲用紅茶。

☐ a large number of ~

形 許多的~（可數名詞）

A large number of people applied for the job.
有許多人來應徵這份工作。

☐ plenty of ~

形 大量的~（可數名詞和不可數名詞）

Drink **plenty of** water before you start running.
開始跑步前，要喝足夠的水。

☐ kind of ~

副 有點，稍微（= sort of ~）

I'm **kind of** hungry.
我有點餓了。

☐ dozens of ~

形 幾十個~

I've been here **dozens of** times.
我來過這裡幾十次了。

☐ hundreds of ~

形 數百個~

Hundreds of cars are produced in this factory every month.
這間工廠每月生產數百輛汽車。

☐ hundreds of thousands of ~

形 數十萬個~

Hundreds of thousands of spectators gathered in the square.
數十萬名觀眾聚集在廣場上。

143

07 of

③ 關聯・體現

Step1　透過圖解來記憶！

邀人參加派對這件事，
「體現」了她的親切性格。

「體現」與某人相關的一部分的「of」

在「A of B」的表達中，呈現了「A 是以 B 作為背景而存在」的意象；從另一個角度看，也可理解為「從背景 B 中提取 A，並加以體現」。例如，在「It was kind of her to show me the way.（她親切地為我指路）」這句話中，便是提取構成「她」這個人的性格之一——「親切」來加以體現。又如，「How nice of you to invite me to the party!（感謝你邀請我參加派對！）」呈現的意象，則是從「你」的性格中提取出「善良」這一部分，以表達感謝之意。

Step2　透過插圖與例句進一步掌握！

1 他的性格的「體現」

It was generous of him to pay for me.

他很慷慨地為我付了錢

2 他的資訊的「體現」

"Have you ever met him?" "No, but I know of him."

「你見過他嗎？」
「沒有，但我知道他是誰。」

3 你的形象的「體現」

I'm always thinking of you.

我一直在想你。

4 魔鬼的形象的「體現」

Speak of the devil!

說曹操，曹操到。

「speak of ～」表示「談論～的事情」。

Step3　使用到of的片語

☐ think of ~

動 想到～，想起～

Did you **think of** any good ideas?
你有想到什麼好點子嗎？

☐ speaking of ~

副 說到～（= talking of ~）

Speaking of traveling, which country would you like to visit?
說到旅行，你想去哪個國家？

☐ hear of ~

動 聽說～

I've never **heard of** such a thing.
我從來沒聽說過有這樣的事。

☐ inform A of B

動 向 A 告知 B

Please **inform** us **of** any change of address.
若有地址更改，請通知我們。

☐ remind A of B

動 讓 A 想起 B

This song **reminds** me **of** my ex-girlfriend.
這首歌讓我想起了我的前女友。

☐ suspect A of B

動 懷疑 A 涉嫌 B

The police **suspect** him **of** theft.
警方懷疑他涉嫌偷竊。

☐ be afraid of ~

形 害怕～

Don't be afraid of making mistakes when you speak English.
說英語時不要害怕犯錯。

☐ be fond of ~

形 喜歡～

I'm fond of sweet things to eat.
我喜歡吃甜的東西。

☐ be proud of ~

形 以～為榮

I'm proud of my English teacher.
我以我的英文老師為榮。

☐ be ashamed of ~

形 對～感到羞恥

You have nothing to be ashamed of.
你沒有什麼該感到羞恥的。

☐ be capable of ~

形 能夠～，有能力做～

This robot is capable of using chopsticks.
這個機器人能夠使用筷子。

☐ be typical of ~

形 典型的～，特有的～

It's typical of him to be late.
遲到真有他的風格。

Step3　使用到of的片語

☐be worthy of ~

形 值得～

Her idea **is worthy of** consideration.
她的想法值得考慮。

☐be jealous of ~

形 羨慕～

I**'m jealous of** you.
我很羨慕你。

☐be sure of ~

形 確信～

I**'m sure of** her potential.
我確信她的潛力。

☐be aware of ~

形 注意到～（= be conscious of ~）

She **was aware of** him looking at her.
她注意到他在看她。

☐be conscious of ~

形 意識到～；察覺到～

Normally, we **are** not **conscious of** breathing.
通常，我們不會意識到呼吸的存在。

☐be sick and tired of ~

形 厭倦～

I**'m sick and tired of** your complaints.
我對你的抱怨感到厭煩了。

☐ be guilty of ~

形 犯下~的罪行；承擔~的責任

He was guilty of murder.
他犯了謀殺罪。

☐ be ignorant of ~

形 不知道~

She was ignorant of the fact.
她對事實一無所知。

☐ be true of ~

形 適用於~

The same is true of this case.
這同樣適用於這個案例。

☐ be characteristic of ~

形 ~特有的，~典型的

It's characteristic of Bill to refuse the offer.
拒絕這個提議很有比爾的風格。

☐ convince A of B

動 說服 A 相信 B

He tried to convince the jury of his innocence.
他試圖說服陪審團相信他的清白。

☐ beware of ~

動 小心~

Beware of pickpockets.
當心扒手。

07 of

④ 以車站為背景，步行 5 分鐘的距離外

> Step1　透過圖解來記憶！

以車站為背景，
步行5分鐘的距離外。

從取出一部分的意象引申為「分離」的「of」

在「A of B」的表達中，從整體 (B) 中取出一部分 (A) 的意象，也可以理解為從整體「分離」。例如，「I live about 20 kilometers north of Asakusa.（我住在距離淺草以北約 20 公里的地方）」或「I live within five minutes' walk of the station.（我住在距離車站步行 5 分鐘以內的地方）」之中的「of」，既表示從「淺草」或「車站」分離，同時也帶出以淺草或車站為背景的意象。「I live within a stone's throw of the station.」則表示「我住在車站一石之遙的範圍內」，也就是「我就住在車站附近」。

Step2 透過插圖與例句進一步掌握！

1 與金錢「分離」

They robbed the tourists of their money.

他們從旅客那裡奪取金錢。

「rob A of B」表示「從 A 奪走 B」。

2 與武器「分離」

The soldier was stripped of his weapons.

士兵被剝奪了武器。

「strip A of B」表示「從 A 移除 B」，表現剝下衣物或身上物品的意象。

3 與偏頭痛「分離」

The doctor cured me of my migraine headaches.

醫生治好了我的偏頭痛。

「cure A of B」表示「治療 A 的 B」，表現移除疾病的意象。

4 與雪「分離」

They cleared the road of snow.

他們清除了道路上的積雪。

「clear A of B」表示「從 A 清除 B」，表現清理的意象。

Step3　使用到of的片語

☐ get rid of ~

動 擺脫～；處理～

It's time you **got rid of** these clothes.
差不多該把這些衣服處理掉了。

☐ be empty of ~

形 沒有～

The room **is empty of** furniture.
那間房間沒有家具。

☐ be independent of ~

形 從～獨立

She's **independent of** her parents.
她已經從父母的身邊獨立了。

> 「依賴」是「depend on ~」（請參考P.70）。

☐ be free of ~

形 沒有（擔憂、負擔等）

This **is free of** tax.
這是免稅的。

☐ wide of the mark

形 偏離目標

What you said is **wide of the mark**.
你說的話完全文不對題。

☐ dispose of ~

動 處置（處理）～

Why don't you **dispose of** these old clothes?
要不要把這些舊衣服處理掉呢？

More Information

「steal」和「rob」有什麼不一樣？
① He stole my money.（他偷了我的錢）
② He robbed me of my money.（他把我的錢搶走了）

「steal」的意思是在人不知情的情況下悄悄「偷取」，其受詞通常是物品或事物。可躲避敵方雷達偵測來飛行的「隱形戰鬥機（stealth fighter）」中的「stealth」，是指「偷偷摸摸的行為」，就是「steal」的名詞形式。

另一方面，「rob」的詞源意指「剝奪衣服」，其受詞通常是人或場所。洗完澡後穿的「浴袍（bathrobe）」便是由「bath（沐浴）」+「robe（衣服）」組成。

08 off

① 分離

Step1　透過圖解來記憶！

「分離」的「off」帶有強調速度感的意象。

表一口氣脫離的「off」

表示「分離」的「of」變化為強調的「off」。例如，當火箭「Lift off!（發射！）」時，會一口氣脫離地面，最終消失在視線範圍之外。這種火箭離開地面時的速度感，就是「off」的核心意象。「a long way off」如果理解為空間上的分離，則意為「非常遙遠」；若理解為時間上的分離，則意為「還有很久」。

Step2 透過插圖與例句進一步掌握！

1 從馬上「分離」

The jockey fell off the horse.

騎手從馬上摔了下來。

2 從目標「分離」

What you are saying is off the point.

你說的話偏離了重點。

3 從目前的地點「分離」

Our destination is a long way off.

我們的目的地還很遙遠。

4 從當下的時間「分離」

Christmas is still two weeks off.

距離聖誕節還有兩週。

Step3　使用到off的片語

☐ get off (~)

動 （從～）下來

She got off (the train) at Tokyo Station.
她在東京站下了電車。

☐ keep off (~)

動 遠離～，不要碰觸～

Keep off the grass.
請勿踩踏草坪。

☐ drop off (~)

動 掉落；取下；讓～下車

Drop me off at the next corner.
請在下一個街角讓我下車。

☐ come off (~)

動 從～脫落；脫離

The button came off when I put the shirt on.
我穿上襯衫時扣子掉了下來。

☐ see ~ off

動 送別～

We went to the airport to see him off.
我們去機場為他送行。

☐ take off

動 起飛

His plane took off on time.
他的飛機準時起飛了。

☐ take off ~

動 脫掉～，取下～

Take your shoes **off** before you come in.
進來之前請脫掉鞋子。

☐ give off ~

動 散發（熱、光、氣味等）

This egg is **giving off** a bad smell.
這顆蛋散發出臭味。

☐ cut off (~)

動 切斷～；隔絕～；掛斷電話

The village is **cut off** by snow.
這個村莊因為大雪與外界隔絕了。

☐ show off (~)

動 炫耀～，賣弄～

He wants to **show off** his new car.
他想炫耀他的新車。

☐ break off (~)

動 折斷～；突然中止～

He **broke** a branch **off** the tree.
他從樹上折下了一根樹枝。

☐ blow off (~)

動 吹掉～

I had my hat **blown off** by the wind.
我的帽子被風吹走了。

08 off

② 停止・休止・分離

Step1　透過圖解來記憶！

從「活動」之中分離，
進入「休止」狀態。

表從活動或標準之中「分離」的「off」

將「off」理解為從活動之中「分離」，就能用於表示「停止」或「休止」。
中文常用「開機・關機（on / off）」來表達，「off」代表「停止」、「休止」，而與之相對的「活動」則為「on」。「Today is my day off.」意思是「今天是我的休息日」。

此外，off 也表示從標準之中「分離」。如果生活水準低於標準，可以用「badly off（生活困難）」來形容；如果價格低於標準價格 50%，則可以用「50% off（五折）」來表達。

「off」暗示了一種像火箭發射時的速度感，因此也可以用來強調動詞的意思，表達「一口氣完成」或「徹底完成」。

off ②

Step2　透過插圖與例句進一步掌握！

1 活動「停止」

Today's game is off.
今天的比賽取消了。

2 電流「停止」

All the lights were off when I got home.
我回到家時，燈全都關了。

3 從貧困之中「分離」

He is better off than he used to be.
他現在的生活比以前好多了。

「better off（生活狀況更好）」是「well off」的比較級。

4 「停止」飲用

He finished off his drink.
他一口氣喝完了飲料。

159

Step3 使用到off的片語

☐ call off ~

動 ～中止

The game was called off because of the snow.
比賽因為下雪被取消了。

☐ put off ~

動 ～延期；關掉（開關）

Don't put off till tomorrow what you can do today.
今日事，今日畢。

☐ turn off (~)

動 關掉～；停止～；轉向

Would you turn off the TV?
你可以關掉電視嗎？

☐ lay off ~

動 解雇～

The company laid off 50 workers last month.
這家公司上個月解雇了五十名員工。

☐ doze off

動 打瞌睡（＝nod off）

He dozed off while watching TV.
他看電視時一邊打盹。

☐ take a day off

動 請一天假

I'll take a day off tomorrow.
我明天會請假一天。

off duty

形 不值勤

I'll be off duty tomorrow.
我明天沒值班。

off guard

副 措手不及

I was caught off guard by his question.
他的提問讓我措手不及。

rain on and off

也可以說成「rain off and on」。

動 時晴時雨

It's been raining on and off this week.
這週天氣時晴時雨。

be rained off

動 因雨取消

The baseball game was rained off.
棒球比賽因雨取消了。

pay off ~

動 還清～

You have to pay off all your debts right now.
你現在必須還清所有的債務。

wipe A off B

動 從 B 上擦掉 A

Wipe the mud off your shoes before you come in.
進門之前，把鞋子上的泥巴擦掉。

08 off

③ 開始・出發

Step1　透過圖解來記憶！

踢球開始比賽。

表達出發或開始的「off」

火箭的發射（lift off）或飛機的起飛（take off），從外部看是「分離」，但對於乘客來說則是「出發」。因此，「off」也衍生出「出發」或「開始」的意思。足球或橄欖球比賽的開始稱為「kickoff（開球）」。告別時可以說「I'm off now.（那我走了）」、「I must be off now.（我得走了）」。如果要表達「我這週要去夏威夷」，可以說「I'm off to Hawaii this week.」。

off ③

Step2　透過插圖與例句進一步掌握！

1 警報「開始」響起

The alarm didn't go off.

警報沒有響。

槍「發射」或炸彈「爆炸」也可用「go off」。

---

2 「出發」前往北海道

They set off for Hokkaido.

他們出發前往北海道。

「They left for Hokkaido.」也是相同意思。

---

3 「開始」喝酒

Let's start off with beer.

就從啤酒開始吧。

「start off with ~」表示「從～開始」。

---

4 信件「出發」

When did you send off the letter?

你什麼時候寄出這封信的？

163

09 with

① 同時性・持有・擁有・同調・一致

Step1 透過圖解來記憶！

彼此契合的事物
共存於同一空間的意象。

表共享空間的意象的「with」

「with」經常用來表示「與～一起」，例如在咖啡館點餐時，說「請給我檸檬紅茶」就是「Tea with lemon, please.」。「戴耳環的女孩」是「a girl with pierced earrings」，「金髮的女孩」是「a girl with blonde hair」，「附帶大花園的房子」是「a house with a big garden」。

上述例子雖然表面上是表示「擁有」或「所有」，但其實「with」的核心意象是「共享同一空間的同時性」。彼此契合的事物共享同一空間，便延伸出「同調」或「一致」的含義。

with ①

Step2　透過插圖與例句進一步掌握！

1　「持有」雨傘

Take an umbrella with you.
帶把傘去吧。

2　「持有」現金

I have no money with me.
我身上沒帶錢。

也可以用表示接觸的「on」：「I have no money on me.」，意思相同。

3　意見「一致」

I'm with you there.
在這一點上，我同意你的意見。

4　對於問題的「同調」

"Are you with me so far?"
"Yes I'm with you."
「到目前為止你都理解嗎？」
「是的，我明白。」

「with me / you」的本意是「跟我／你一起來」，引申為「理解」的意思。

165

Step3　使用到with的片語

☐ agree with ~

動 同意～

> 用於同意某人或某人的意見時。若要同意某項提案或計劃，則使用「agree to ~」（請參考P.99）。

I agree with you on this point.
在這一點上我同意你的看法。

☐ go with ~

動 與～搭配，與～相配

White wine goes well with fish.
白酒非常適合搭配魚類料理。

☐ mix with ~

動 與～混合；（否定句中）與～不相容

Oil doesn't mix with water.
油和水不相容。

☐ sympathize with ~

動 同情～

I really sympathize with you.
我真的很同情你。

☐ cooperate with ~

動 與～合作

You need to cooperate with each other.
你們需要互相合作。

☐ combine A with B

動 混合 A 與 B；結合 A 與 B

Combine the eggs with the flour.
將雞蛋與麵粉混合在一起。

collaborate with ~

[動] 與～共同合作，協作

I'll collaborate with you on this project.
我會在這個專案中與你合作。

comply with ~

[動] 遵從～，依從～

I complied with their request.
我遵從了他們的要求。

shake hands with ~

[動] 與～握手

I firmly shook hands with him.
我與他堅定地握了手。

make friends with ~

[動] 與～成為朋友

I soon made friends with her.
我很快就和她成為了朋友。

associate A with B

[動] 聯想 A 與 B

What do you associate London with?
提到倫敦，你會聯想到什麼？

correspond with ~

[動] 與～相符，與～一致

His actions always correspond with his words.
他總是言行一致。

Step3　使用到with的片語

☐ be acquainted with ~

形 熟識～；與～認識

Are you **acquainted with** my father?
您認識我的父親嗎？

☐ be familiar with ~

形 熟悉～

I'm not **familiar with** the music of Mozart.
（雖然知道莫札特，但）我對他的音樂並不熟悉。

☐ share A with B

動 與 B 分享 A

I share this room **with** my sister.
我與我的姐姐共用這間房間。

☐ meet with ~

動 經歷～；與～會面；接受（非難或稱讚）

The Prime Minister is to **meet with** the President next week.
首相預計下週與總統會晤。

☐ coincide with ~

動 與～一致；與～同時發生

The incident **coincided with** my birthday.
那件事剛好發生在我生日當天。

☐ go ahead with ~

動 繼續進行～

Let's **go ahead with** the meeting.
我們繼續開會吧。

communicate with ~

動 與～交流，與～溝通

We **communicate with** each other in English.
我們以英語互相交流。

hand in hand with ~

副 與～手牽手

I saw him walking **hand in hand with** a young woman.
我看到他與一位年輕女士手牽手散步。

in accordance with ~

介 依據～，根據～

Act **in accordance with** the rules.
按規矩行事。

in harmony with ~

介 與～和諧相處

Their culture is **in harmony with** nature.
他們的文化與自然和諧相處。

get in touch with ~

動 與～取得聯繫

I'll **get in touch with** you tomorrow.
我明天會與你聯絡。

keep pace with ~

動 跟上～的步伐

I can't **keep pace with** Tom.
我無法跟上湯姆的步伐。

09 with

② 原因・手段・狀況

> Step1　透過圖解來記憶！

持著刀這個「工具」的狀態下。

表工具、手段或狀況的「with」

「with the lights on（燈亮著）」或「with your mouth full（嘴裡塞滿東西）」中的「with」是用來描述附加的情境，也帶有空間和時間上的「同時性」。
「持刀的竊賊」是「a thief with a knife」；如果要表達「用刀威脅女孩」，則是「threaten the girl with a knife」，此處的「with」表示威脅時所使用的「工具」或「手段」。
此外，像「勇敢地戰鬥（fight with courage）」中的「with＋抽象名詞」，則用來表現當時的狀況。

Step2　透過插圖與例句進一步掌握！

1 閉著眼的「狀況」

He was sitting with his eyes closed.

他閉著眼睛坐著。

「交叉雙臂」則為「with his arms crossed」。

2 以開著電視的「狀況」作為「原因」

I can't concentrate with the TV on.

電視開著，我無法集中精神。

3 以發燒的「狀況」作為「原因」

He's in bed with a fever.

他因為發燒而躺在床上。

4 用筆這個「手段」

Write your name with a pen.

請用筆寫下你的名字。

關於「in pen」的不同用法，請參考 P.175！

Step3　使用到with的片語

☐ be happy with ~

形 為～感到高興

He's happy with the results of the exam.
他對考試的結果感到高興。

☐ be satisfied with ~

形 對～感到滿意

Are you satisfied with your new apartment?
你對你的新公寓滿意嗎？

☐ be pleased with ~

形 對～感到喜歡

I'm pleased with my new job.
我對新工作感到滿意。

☐ be busy with ~

形 因～而忙碌

I'm busy with my writing.
我忙於寫作。

☐ be crowded with ~

形 因～而擁擠

This place is crowded with skiers in winter.
這個地方一到冬天總是擠滿滑雪客。

☐ be covered with ~

動 被～覆蓋

The top of the mountain is covered with snow.
山頂被白雪所覆蓋。

be filled with ~

形 被～充滿

The room is filled with the smell of flowers.
房間裡充滿了花香。

provide A with B

動 為 A 提供 B

Cows provide us with milk.
牛為我們提供牛奶。

with a view to ~ing

副 以～為目的

He went to London with a view to studying English.
他為了學英語而去了倫敦。

furnish A with B

動 為 A 配備 B

They furnished the living room with items from Scandinavia.
他們用北歐的家具佈置了客廳。

equip A with B

動 為 A 裝備 B

This submarine is equipped with missiles.
這艘潛艇配備了導彈。

present A with B

動 向 A 贈送 B

The governor presented him with a gold watch.
州長贈送了一只金錶給他。

Step3　使用到with的片語

☐ with care

副 小心地

Cross the street with care.
過馬路要小心。

☐ with ease

副 輕鬆地

She solved the problem with ease.
她輕鬆地解決了那個問題。

☐ with difficulty

「毫不費力」則是「without difficulty」。

副 費力地

She found the parking space with difficulty.
她費了很大的勁才找到停車位。

☐ with pleasure

副 樂意地

"Could you help me?" "Yes, with pleasure."
「你能幫我一下嗎？」「當然，樂意之至。」

More Information
「talk to ~」和「talk with ~」有什麼不一樣？

「talk with ~」表示雙方面對面交流，強調互相討論的感覺；「talk to ~」更傾向於表達一方主動向另一方說話的情景，帶有「單向溝通」的意味。不過，也可以用於「I talked to my doctor about my health.（我向醫生諮詢了我的健康問題。）」等情境。

More Information

「with a pen」和「in pen」有什麼不一樣？
「他用筆寫下了名字」
①He wrote his name with a pen.
②He wrote his name in pen.

中文的「用筆」可同時表達兩者，但嚴格來說，英文的① 表示工具，② 表示手段。① 的「a pen」是可數名詞，表示有具體形狀的工具。也就是說，①可以讓人聯想到，一個人用鋼筆或原子筆在紙上寫下名字的樣子。

② 的「pen」則為不可數名詞，指的並非有具體形狀的工具，而是表達使用墨水書寫的抽象概念。也就是說，②把焦點放在「用無法輕易擦除的墨水來書寫名字」這件事情上。

同樣地，描述「他用鉛筆寫下名字」時，「①He wrote his name with a pencil.」是表示「他使用鉛筆作為工具來書寫名字」；「②He wrote his name in pencil.」則表示「他用鉛筆書寫，以便於擦除文字」。

09 with

③ 對象・對立・敵對

Step1　透過圖解來記憶！

同樣共享空間的人之間產生敵對關係。

表對象、對立或敵對的「with」

雖然「with」多半給人「與～一起」的印象，但從詞源來看，其原義是「對立」或「敵對」。例如，「fight with America」並不是「和美國一起作戰」，而是「與美國對抗」。同樣地，「have a fight with a friend」意為「和朋友吵架」。

對立或敵對可用雙方面對面的意象來表現，而當箭頭變為單向時，「with」則用來表達「對象」。例如，「What's wrong with you?」表示「你哪裡不對勁？」是用來詢問問題對象的疑問句。

Step2　透過插圖與例句進一步掌握！

1 與妻子「敵對」

I had a quarrel with my wife last night.

昨晚，我和妻子起了爭執。

2 問題的「對象」

He has trouble with his heart.

他心臟不好。

「have trouble with ~」表示「~有問題」。

3 憤怒的「對象」

I'm angry with you.

我對你感到生氣。

4 問題的「對象」

There's something wrong with the computer.

這台電腦出問題了。

「Something is wrong with the computer.」也是相同意思。

Step3　使用到with的片語

☐ be strict with ~

形 對～嚴格

He's very **strict with** his children.
他對自己的孩子非常嚴格。

☐ do with ~

動 處理～

What did you **do with** the leftovers?
你怎麼處理剩菜的？

☐ help A with B

動 幫助 A 做 B

Can you **help** me **with** my homework?
你可以幫我做作業嗎？

☐ to start with

副 首先～

To start with, let me explain my proposal.
首先，請讓我解釋我的提案。

☐ part with ~

動 放棄～

I don't want to **part with** this watch.
我不想捨棄這只手錶。

☐ compete with ~

動 與～競爭

I **competed with** Joe for the prize.
我為了這個獎品和喬競爭。

deal with ~

[動] 處理～

She's difficult to deal with.
她是一個難相處的人。

find fault with ~

[動] 責難～

He's always finding fault with others.
他總是挑剔別人。

compare A with B

[動] 將 A 和 B 作比較

My parents always compare me with my brother.
我父母總是拿我和弟弟相比。

be faced with ~

[動] 面對～

He's faced with a difficult situation.
他正面臨困難的處境。

interfere with ~

[動] 妨礙～，阻礙～

Those trees interfere with the view of the sea.
那些樹擋住了看海的視野。

with all ~

[介] 儘管～

With all her riches, she is still not happy.
儘管她很有錢，她依然不快樂。

10 by

① 靠近・在旁邊

Step1　透過圖解來記憶！

「by the lake」指的是看得到湖的「旁邊」。

表很靠近的「旁邊」的「by」

「by」的核心概念是「在旁邊」，例如主幹道旁邊的道路稱為「bypass（旁道）」，小路稱為「byway」。與「near（在附近）」相比，「by」更強調靠近的感覺，「He lives near the lake.（他住在湖的附近）」可能暗示他住在一個看不到湖的地方；「He lives by the lake.」則表示「他住在一個看得到湖的地方」。此外，與把焦點放在左右側「beside（旁邊）」不同，「by」的靠近更加籠統，前後、左右都可能包含在內。至於與「in」、「on」和「around」差異，可參考第72頁的插圖說明。

by ①

Step2　透過插圖與例句進一步掌握！

1　「靠近」門邊

There's a cat sitting **by the door**.

門邊坐著一隻貓。

「by the door」是坐在門邊的籠統表現；如果是「at the door」，則暗示貓可能在門邊做某些事情。

2　「靠近」道路

He parked his car **by the side of** the road.

他把車停在路邊。

3　我的「旁邊」

Come and sit **by me**.

過來坐到我身邊吧。

如果想強調「就在我旁邊」，可以用「beside me」。

4　湯姆的「旁邊」

The window was broken **by Tom**.

窗戶被湯姆打破了。

用於被動語態的「by」，可讓人聯想到窗戶被打破時湯姆就在旁邊的畫面。

181

Step3　使用到by的片語

☐ pass by
動 （從旁）經過；（時間）流逝

We all waved as he passed by.
當他經過時，我們都向他揮手。

☐ stand by ~
動 支持；站在～身邊

I'll stand by you no matter what happens.
無論發生什麼事，我都會支持你。

☐ come by ~
動 獲得～

How did you come by this picture?
你是怎麼得到這幅畫的？

☐ go by (~)
動 （從旁）經過；（年月）流逝

Things will get better as time goes by.
隨著時間流逝，情況會好轉。

☐ drop by (~)
動 順路拜訪～

He dropped by at the bar on his way home.
他回家途中順便到酒吧小坐了一下。

☐ by the way
副 順帶一提

By the way, aren't you hungry?
對了，你餓了嗎？

More Information

「by a branch」和「with a branch」有什麼不一樣？
「車子被樹枝刮傷了」
①The car was damaged by a branch.
②The car was damaged with a branch.

兩邊都是用被動語態來表示「車子被樹枝刮傷」。但如果把①轉換成主動語態，會變成「A branch damaged the car.（樹枝把車子刮傷）」，弄傷車子的主體是樹枝。也就是說，可能因為強風把樹吹倒，導致樹枝讓車子受損。

另一方面，如果將②轉換成主動語態，則會變成「Someone damaged the car with a branch.」，意思是「某人用樹枝刮傷了車子」。「with」在這裡表達的是「工具」的概念。

by a branch

with a branch

10 by

② 截止・～之前

Step1　透過圖解來記憶！

「by 3 o'clock」是指時間接近3點「之前」。

以時間接近的意象表期限的「by」

時間上的「接近」也可以用「by」表達，例如「by 3 o'clock」，是從接近 3 點的意象引申出「3 點之前」的意思。和「I'll be here by 3 o'clock.（我會在 3 點之前到這裡）」相比，「I'll be here until (= till) 3 o'clock.」是「我會在這裡待到 3 點」的意思。相對於「by」強調「期限」的概念，「until」則是強調「持續」到某個時間點，兩者用法明顯不同。

Step2 透過插圖與例句進一步掌握！

1 到現在「之前」

She should have arrived by now.

她現在應該已經到了。

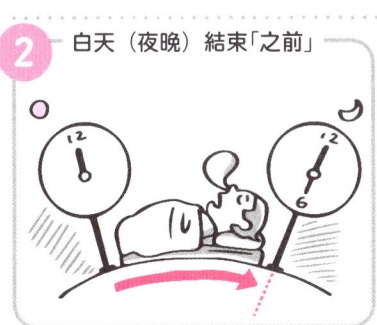

2 白天（夜晚）結束「之前」

Some people sleep by day and work by night.

有些人白天睡覺，晚上工作。

3 日落「之前」

They went home by nightfall.

他們在天黑前就回家了。

4 到家「之前」

Dinner will be ready by the time I get home.

晚餐應該會在我到家前準備好。

「by the time SV ~」表示「到~的時候之前」。

10 by

③ 手段・方法 (1)

Step1　透過圖解來記憶！

接近到某地的手段。

表交通工具和通訊手段的「by」

使用交通工具「接近」某地，也可以用「by」表達。「我是開車來這裡的」可以說「I got here by car.」。「A by B」意味著 B（車）接近 A（這裡），最終達成「讓我到達這裡」的結果。因此，B 可以被看作是達成 A 狀態的「手段」或「方法」。

「by car」在這裡不加冠詞，是因為「車」在這裡並非指具體的車輛，而是表達「交通手段」的抽象概念。同樣地，像「by letter（透過信件）」這樣的句子，也適用於表達通訊手段。

Step2 透過插圖與例句進一步掌握！

1 以計程車作為交通「手段」

I got here by taxi.
我搭計程車來到這裡。

2 以電話作為通訊「手段」

I got in touch with her by phone.
我透過電話和她取得聯繫。

More Information

如何區分表示交通手段的「by」和「in」？

如果是公車、火車這類可以自由上下的公共交通手段，可以使用「by bus / by train」，也可以說「on the bus / on the train」，強調「腳站在車內地板上」的感覺。

另一方面，像汽車、計程車這類需要某種程度參與駕駛，或與駕駛有互動的交通手段，則使用「in a car / in a taxi」（坐在車內／計程車內）。

交通手段＝**by bus**（搭公車）、**by train**（搭火車）、**by bicycle**（騎腳踏車）、**by plane**（搭飛機）
通訊手段＝**by e-mail**（用電子郵件）、**by fax**（用傳真）

Step3　使用到by的片語

☐ by means of ~

介 藉由～，利用～

We express our thoughts **by means of** language.
我們藉由語言來表達思想。

☐ by all means

副 一定，務必

"Can I borrow your phone?" "**By all means**."
「我可以借用你的電話嗎？」「當然可以。」

☐ by no means

副 絕不是～

He is **by no means** a sociable person.
他絕不是一個善於交際的人。

☐ by oneself

副 獨自，靠自己

He repaired the car **by himself**.
他靠自己修好了車子。

☐ by heart

副 熟記，背誦

I have to learn all these lines **by heart**.
我必須把這些台詞全部背下來。

☐ by hand

副 手工製作（而非機器製）；手寫（而非印刷）

These toys are all made **by hand**.
這些玩具都是手工製作的。

☐ by force

副 強行

He opened the door by force.
他強行打開了門。

☐ by virtue of ~

前 由於～，因為～

He became a US citizen by virtue of his marriage.
他因結婚而成為美國公民。

☐ take ~ by surprise

動 奇襲；使～吃驚

His sudden resignation took us by surprise.
他突然離職，令我們相當驚訝。

☐ by sea

副 走海路

They like traveling by sea.
他們喜歡走海路旅行。

☐ by land

副 走陸路

They continued their journey by land.
他們繼續走陸路旅行。

☐ by air

副 空運；搭乘飛機

The goods will be sent by air.
商品將透過空運發送。

⑩ by

④ 手段・方法 (2)

Step1 透過圖解來記憶！

以信用卡作為「手段」或「媒介」進行支付，因此用「by」。

支付等「手段」、「方法」也用「by」

使用疑問詞「how」詢問「手段」、「方法」時，對應的回答會使用「by」，這樣理解會比較容易。例如「你是怎麼來這裡的？」可回答「By bus.（坐公車來的）」。

同樣地，對於「您要用什麼方式支付？」這樣的問題，也可以用「By credit card.（用信用卡支付）」來回答。但要注意：如果回答「用現金支付」，則必須說「With cash.（用現金）」。

此外，商品的銷售方式也可以用「by」，例如「by the kilo（按公斤計價）」；雇用方式則可說「by the hour（按小時計酬）」。

by ④

Step2　透過插圖與例句進一步掌握！

1 以單軌列車作為交通「手段」

"How did you get to the airport?"
"**By monorail.**"

「你是怎麼到機場的？」
「坐單軌列車來的。」

2 以信用卡作為支付「方式」

"How would you like to pay?"
"**By credit card**, please."

「你想用什麼方式支付呢？」
「刷卡，謝謝。」

3 以按月計酬作為「方式」

"How are you paid?"
"**By the month.**"

「你的工作是怎麼給薪的？」
「按月計酬。」

4 以留學作為「手段」

"How did you learn English?"
"**By studying abroad.**"

「你是怎麼學英語的？」
「出國留學學會的。」

⑩ by

⑤ 程度・差距

Step1 透過圖解來記憶！

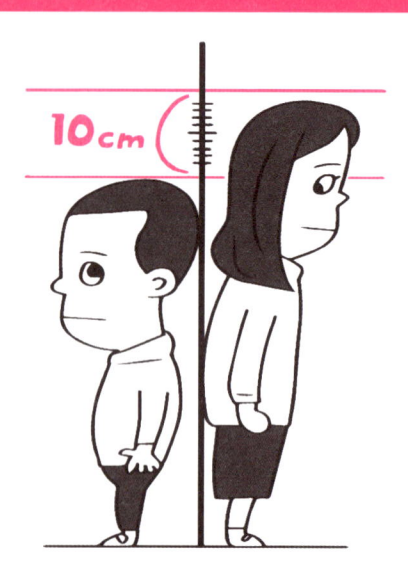

接近到差距僅剩10公分。

表程度差異或差距的「by」

疑問詞「how」常用來詢問程度，例如「How tall are you?（你多高？）」、「How old are you?（你幾歲？）」。對此，「我比弟弟高 10 公分」可以說「I'm taller than my brother by ten centimeters.」；「我比妹妹大兩歲」則是「I'm older than my sister by two years.」。然而，上述例句雖然符合文法，但對母語者來說，「I'm 10 centimeters taller than my brother.」、「I'm two years older than my sister.」才是更自然的表達方式。

by ⑤

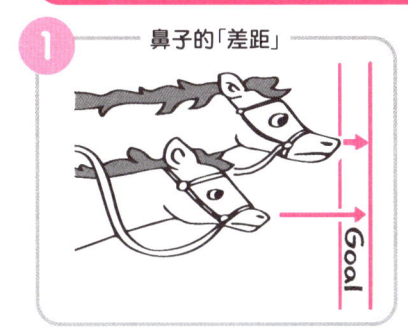

Step2　透過插圖與例句進一步掌握！

1 鼻子的「差距」

The horse won by a nose.

那匹馬以一鼻之差贏了比賽。

「The horse lost by a head.」則表示「那匹馬以一脖之差輸了比賽」。

2 2分鐘的「差距」

I missed the train by two minutes.

我以2分鐘之差錯過了火車。

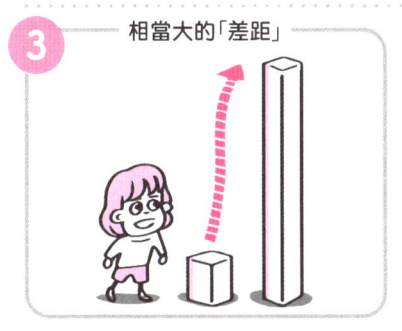

3 相當大的「差距」

This is better by far.

這個要好得多了。

「by far」也可以用於最高級，例如「This is by far the best of all.（這是所有之中最好的）」。

4 1英里的「差距」

He beat me by a mile.

他以大幅領先之姿贏過了我。

「by a mile」表示「大幅度地、遠遠勝出地」，「by miles」也是相同意思。

193

⑩ by

⑥ 程度・區隔

Step1　透過圖解來記憶！

將 10 劃分為 5 等分則得 2。

表區別或分類的「by」

「程度」或「差異」也可以理解為「區隔」。將事物一一區隔便是「one by one（逐一）」；而如果將 10 劃分為 5 等分，就得出 2。換句話說，「10 ÷ 5 = 2」可表達為「Ten divided by five is two.」。由這種區隔的意象，可延伸出「區分」或「分類」的意思。例如，職業可劃分為需要動手技術的職業（trade）和需要知識能力的職業（profession）。在表達這些分類時，也會使用「by」。

Step2 透過插圖與例句進一步掌握！

1 逐一「區隔」

Answer the following questions one by one.

逐一回答以下問題。

2 每3個為一組，共4組的「區隔」

Multiply 3 by 4.

用 4 乘以 3。

3 職人工作的「區隔（分類）」

He's a carpenter by trade.

他的職業是木匠。

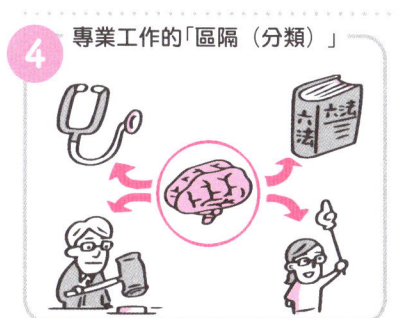

4 專業工作的「區隔（分類）」

She's a lawyer by profession.

她的職業是律師。

Step3　使用到by的片語

☐ by the skin of one's teeth
副 勉強地，勉強達成

She escaped **by the skin of her teeth**.
她勉強逃了出來。

☐ by a hair's breadth
副 些微差距地

Our team won **by a hair's breadth**.
我們的隊伍以些微之差獲勝。

☐ step by step
副 一步一步地，穩健地

Walk slowly **step by step**.
一步一步慢慢走。

☐ little by little
副 逐漸地

Little by little, your English is getting better.
你的英語正在逐漸進步。

☐ inch by inch
副 一點一點地

They climbed **inch by inch** up to the top of the cliff.
他們一點一點爬到懸崖頂端。

☐ by degrees
副 逐漸地

The economy is improving **by degrees**.
經濟正在逐漸轉佳。

by inches

副 差一點，幾乎

The bullet missed him by inches.
子彈險些擊中他。

by the day

副 每日，按日計算

It's getting warmer by the day.
每天都越來越暖和。

by nature

副 天性，生來

She's generous by nature.
她生性慷慨大方。

by birth

副 出生上

She's American by birth, but lives in Japan.
她生於美國，但住在日本。

by name

副 憑名字

I only know him by name.
我只知道他的名字。

by sight

副 憑面孔

I know him by sight, but we've never met.
我認得他的臉，但我們從未見過面。

10 by

⑦ 路徑・經由

Step1　透過圖解來記憶！

以窗戶作為「路徑」
而接近的意象。

將通道也視為「手段」，表「路徑」、「經由」的「by」

雖然「手段」或「緣由」可以根據個人意志改變，但也有無法以意志改變的情況，例如被問及「How did you meet her?（你是如何與她相遇的？）」，回答「I met her by chance.（我是偶然遇見她）」。

同樣地，被問及「How did the thief break into the house?（小偷是如何潛入房子的？）」，若回答「By smashing the window.（他是打破窗戶潛入）」，則此處「by」的用法既可以解釋為「手段」，也可以解釋為「路徑」。

Step2 透過插圖與例句進一步掌握！

1 「經由」手臂

He caught me by the arm.
他抓住了我的手臂。

「catch 人 by the arm」表示「抓住某人的手臂」。

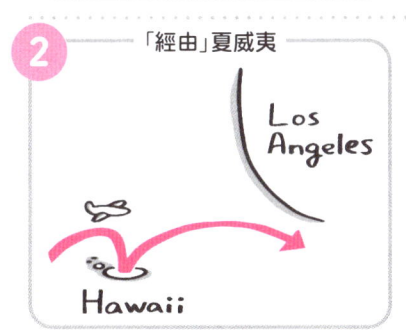

2 「經由」夏威夷

He flew to Los Angeles by way of Hawaii.
他經由夏威夷飛往洛杉磯。

3 「經由」錯誤

He locked himself out by mistake.
他不小心把自己鎖在門外了。

4 「經由」事故

I dropped the vase by accident.
我不小心摔壞了花瓶。

More Information

「take him by the hand」和「take his hand」有什麼不一樣？

「她抓住了他的手」

①She took him by the hand.
②She took his hand.

查閱辭典與文法書時，通常會說明兩者的不同在於①的焦點是人（him），而②的焦點是他的手（his hand）；但光是這樣解釋並不夠清楚。

實際上，「①She took him by the hand.（她抓住了他的手）」中的「by」可理解為「經由」。這句話表達的是，為了阻止他行動，她臨時做出抓他手的動作。為了阻止他的行動，抓住的部位並不侷限於手，也可能是手臂、腿或肩膀。重要的是，她是透過抓住他的手來達到這個目的，成功阻止他的行動。你可以想像是她為了防止他滑倒，而抓住他的手來幫助他。

另一方面，「②She took his hand.（她抓住了他的手）」，單純描述了「她抓住了他的手」這個動作本身。光憑這句話，傳達的內容並不夠完整。如果需要補充目的，可以說「She took his hand to read his palm.（她抓住他的手來看手相）」，表達會更自然。

More Information

「by car」和「by a car」有什麼不一樣？
① I got here by car.（我是開車來的。）
② I got hit by a car.（我被車撞了。）

有無冠詞的差別在於，指的是具體的東西還是抽象的東西。當名詞加上不定冠詞「a」或「an」時，表示具有具體形狀或可見的東西；沒有加冠詞時，則表示抽象的概念。

因此，①的「by car」是表示以「車」作為「移動手段」來到這裡，也就是抽象概念的「車」；②的「by a car」則表示具有具體形狀的「車」，意指某輛具體的車撞了人。

by car

by a car

⑪ about

① 周邊・關聯

Step1　透過圖解來記憶！

模糊地圍繞在
某物周邊的意象。

表數字、時間和空間的「周邊」或「關聯」的「about」

「about」最常見的意思是「關於〜」,其核心意象是接近某個東西,並鬆散、模糊地圍繞在它的周邊。「think about ~」就是從多個角度思考某件事。
因此,若是圍繞在數字或時間的周邊,則可以解釋為「大約」、「左右」。若是空間的周邊,則包含該空間並延伸到周邊範圍,表示「四處」、「到處」的意思。

Step2 透過插圖與例句進一步掌握！

1 50歲的「周邊」

She's about fifty.
她大約五十歲。

2 午餐時間的「周邊」

It's about time for lunch.
差不多該吃午餐了。

3 即將掉下來（的時間的「周邊」）

The rock is about to fall.
那塊岩石就快掉下來了。

「be about to ~（動詞原形）」表示「即將~」。

4 她的「周邊」

There's something noble about her.
她身上有一種說不出的高雅氣質。

Step3　使用到about的片語

☐ think about ~

動 思考關於～

What do you think about his proposal?
你對他的提議有什麼看法？

☐ come about

動 發生，產生

I wonder how the accident came about.
我想知道這起事故是如何發生的。

☐ bring about ~

動 引起～，帶來～

His carelessness brought about this car accident.
他的粗心大意引發了這場車禍。

☐ go about (~)

動 著手處理～；傳播

I don't know how I should go about it.
我不知道該怎麼處理這件事。

☐ set about ~

動 開始著手～

He set about the work immediately.
他立刻開始進行這項工作。

☐ worry about ~

動 為～擔心

Don't worry about such a little thing.
不要為這種小事擔心。

☐ be anxious about ~

形 為～感到擔憂

She is anxious about her daughter.
她擔憂她的女兒。

☐ be particular about ~

形 對～講究

He is particular about wine.
他對葡萄酒非常講究。

☐ complain about ~

動 抱怨～

He's always complaining about something.
他總是有事情可以抱怨。

☐ be crazy about ~

形 對～著迷，熱衷於～

He's crazy about skateboarding.
他非常熱衷於滑板運動。

☐ boast about ~

動 炫耀～，吹噓～

He's always boasting about his daughter.
他總是在炫耀他的女兒。

☐ be concerned about ~

形 擔憂～，關心～

My mother is concernced about my health.
我媽很擔心我的健康。

More Information

「be going to ~」和「be about to ~」有什麼不一樣？

兩者都具有「即將～」的意思，但「be going to ~（動詞原形）」的原義是「朝著～的方向前進」，用來表示「意圖」或「未來」。例如「It's going to rain tomorrow.（明天可能會下雨）」這樣的表達，便是基於某些徵兆──比方說天氣預報顯示有很高機率下雨──的主觀判斷，通常與表未來的副詞連用。

另一方面，「be about to ~（動詞原形）」的原義是「處於即將～的周邊」，更常用於客觀描述。相較於「be going to ~」，它表達的是更為迫近的未來，通常不與表未來的副詞搭配使用。

More Information

「a book about animals」和「a book on animals」有什麼不一樣？

兩者都可以翻譯為「與動物有關的書」，但「a book about animals」聚焦於動物相關的各種周邊資訊。這類書籍甚至偶爾會偏離動物主題，提及一些相關的延伸內容。另一方面，「a book on animals」的核心意象在於「on」所代表的「接觸」，其語感暗示了這是內容始終緊扣動物主題的「專業書籍」或「研究書籍」。

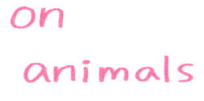

12 around

① 周圍・周邊

Step1　透過圖解來記憶！

繞著特定空間
的周邊移動的意象。

表地點或時間「周圍」、「周邊」的「around」

在「繞著湖跑一圈（run around the lake）」或「搭船繞湖一圈（sail around the lake）」等表達中，「around」的核心意象是「繞著特定空間的周邊移動」。此外，不限於動作，也可以用於「live around here（住在這附近）」等，表示位置在某範圍周邊的狀態。與描述動作的動詞搭配時，還可以表達「四處移動」的「分散」含義，例如「travel around Japan（環遊日本）」。

若用於時間或數字，例如「It's around 5 o'clock.（現在大約五點）」，則和「about」一樣，表示「大約」、「左右」。在英式英語中作為介系詞時，常用「round」來替代「around」。

around ①

Step2 透過插圖與例句進一步掌握！

1 太陽的「周圍」

The earth moves around the sun.

地球繞著太陽運行。

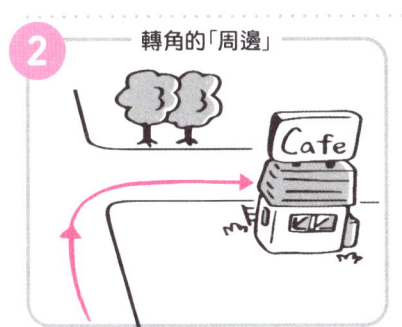

2 轉角的「周邊」

The coffee shop is just around the corner.

那家咖啡店就在轉角處。

3 湖的「周圍」

We drove around the lake to the village.

我們開車繞過湖去了對岸的村莊。

有關「in the lake / on the lake / by the lake」的概念差異，請參考 P.72 的插圖說明。

4 世界的「周圍」

I want to travel around the world.

我想環遊世界。

Step3　使用到around的片語

☐go around (~)

動 擴散；分送；四處活動；繞過～

Is there enough chocolate to go around?
皆大家都分得到足夠的巧克力嗎？

☐get around (~)

動 巧妙地避開～；四處活動

How did you get around the problem?
你是怎麼解決那個問題的？

☐look around

動 環顧四周，到處參觀

Let's look around the castle.
我們一起去參觀這座城堡吧。

☐show ~ around

動 帶～參觀，導覽

When you come to Tokyo, I'll show you around.
你來東京的時候，我會帶你到處逛逛。

☐turn around

動 轉身；旋轉

Turn around and let me look at your back.
向轉過身讓我看看你的背。

☐around the corner

形 在轉角處，近在咫尺

Spring is just around the corner.
春天已經近在眼前了。

the other way around

副 相反地

Please turn it the other way around.
請把它反過來轉。

all year around

副 一整年，一年到頭

In this garden, you can see many kinds of flowers all year around.
在這個花園裡，你可以一年四季欣賞各種花卉。

More Information

「It's about 5 o'clock.」和「It's around 5 o'clock.」有什麼不一樣？

兩者都表示大約5點的時間，但在某些情況下，只能使用「about」。例如，當你正在做某件事情時，突然想知道現在的時間。如果有人問「現在幾點了？」通常會回答「It's about 5 o'clock.」，而不是「It's around 5 o'clock.」。這是因為時間是流動的，「about」帶有「接近」的意思，表現出「快到5點」的語感。這種情況下的「快到」相當於「It's almost 5 o'clock.」。

雖然都表示「大約5點」，但兩者還是有這種微妙的語感差異；而在日常使用中，「about」更為常見，也更通用。

此外，「It's about time for lunch.（快到午餐時間了）」的「快到」也只能用「about」，不能用「around」。

⑬ into

① 向內・深入

Step1　透過圖解來記憶！

in（內部）＋to（到達）＝into：
進入空間內部的意象

「進入內部」並深入「追求」的「into」

「into」是由表「內部・內側」的「in」與表「方向・到達點」的「to」組合而成，表達從外部進入內部的整個動態過程，例如老虎「跳進籠子裡（jump into the cage）」。「work late into the night（工作到深夜）」則延伸到時間或抽象狀態的進入。

好比豬或狗挖掘土壤，尋找埋藏於內部的松露，這種徹底深入內部尋求的動作正符合「into」的意象。因此，「into」也引申出「徹底追求某物」的意涵。

Step2　透過插圖與例句進一步掌握！

1 「進入」教堂

I saw him go into the church.

我看見他進到教堂裡。

2 「進入」五十歲

He's into his fifties.

他已步入五十多歲。

3 「進入」打高爾夫的樂趣之中

He's into golf these days.

他最近迷上了高爾夫。

4 「進入」睡眠

She fell into a deep sleep.

她進入了深沉的睡眠。

Step3　使用到into的片語

☐ go into ~

動 進入；開始（職業等）；調查

I'm thinking of going into business.
我正在考慮創業。

☐ come into one's mind

動 突然浮現在腦海

A nice idea came into my mind.
一個很棒的點子突然浮現在我腦海中。

☐ look into ~

動 仔細查看；調查（= inquire into ~）

The police are looking into the cause of the accident.
警方正在調查事故的原因。

☐ inquire into ~

動 調查～

He inquired into the case.
他調查了這個案件。

☐ go into detail

動 詳細說明

I'm sorry I can't go into detail now.
抱歉，我現在無法詳述。

☐ get into ~

動 進入～；搭乘～；迷上～

I got into a taxi in front of the station.
我在車站前上了計程車。

get into trouble

動 惹上麻煩，引發問題

He's always getting into trouble at school.
他總是在學校惹麻煩。

run into ~

動 撞上～；偶然遇見～

I ran into an old friend of mine in Paris.
我在巴黎偶然遇到了一位老朋友。

bump into ~

動 撞上～；偶然遇見～

I bumped into Susie on the train this morning.
今早我在火車上偶然遇見了蘇西。

break into ~

動 闖入～

The thieves broke into a jewelry shop.
小偷闖入了一家珠寶店。

take ~ into account

動 將～考慮在內

You need to take these figures into account.
你需要將這些數據考慮在內。

enter into ~

動 開始（交涉、討論）；簽訂～

We entered into a contract with a consulting firm.
我們與一家顧問公司簽訂了合約。

⑬ into

② 進入・變化

Step1　透過圖解來記憶！

車子撞進牆內，
讓牆壁產生「變化」的意象。

表「進入」並帶來「變化」的「into」

車子激烈撞進牆內的動作，可以用「The car crashed into the wall.」來描述。這個句子表現牆面發生了明顯的「變化」，被撞擊的部分進到與之前截然不同的狀態。

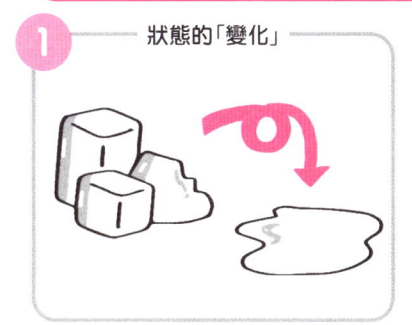

Step2　透過插圖與例句進一步掌握！

1 狀態的「變化」

Ice melts into water.
冰融化後變成水。

2 成長帶來的「變化」

Tadpoles grow into frogs.
蝌蚪成長後變成青蛙。

3 加工帶來的「變化」

Milk is made into cheese.
牛奶被加工製成起司。

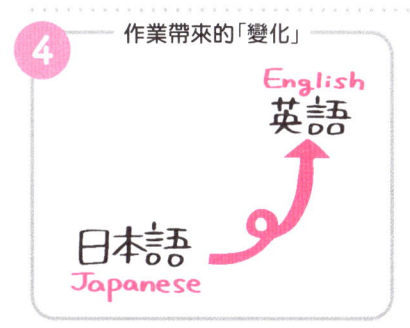

4 作業帶來的「變化」

Put the following sentences into English.
將以下句子翻譯成英文。

Step3　使用到into的片語

☐ change into ~

[動] 變成～；換成～

Did you bring anything to change into?
着你帶了換洗衣物嗎？

☐ turn into ~

[動] 變成～

The debate turned into an argument.
這場辯論演變成爭吵。

☐ burst into tears

[動] 突然哭出來

>「突然笑出來」是「burst into laughter」。

He burst into tears when he heard the news.
他聽到消息時突然哭了出來。

☐ put ~ into practice

[動] 將～付諸實行

He promised to put the plan into practice.
他承諾會實施該計劃。

☐ fall into ~

[動] 分成～；（突然）陷入～

He fell into bad habits.
他染上了壞習慣。

☐ come into effect

[動]（法律、規則等）生效，實施

The new contract will come into effect on January 1st.
新合約將於1月1日生效。

come into being

動 出現,誕生

I wonder when the universe came into being.
我想知道宇宙是什麼時候誕生的。

talk A into ~ing

動 說服 A 做～

I talked him into changing jobs.
我說服他換工作了。

trick A into ~ing

動 欺騙 A 去做～

He tricked me into signing the contract.
他騙我簽下合約。

divide A into B

動 將 A 分成 B

This book is divided into five chapters.
這本書分為五章。。

transform A into B

動 將 A 轉變為 B

He transformed the island into a resort.
他將那座島嶼改造成了度假村。

translate A into B

動 將 A 翻譯成 B

Can you translate this letter into Japanese?
你能把這封信翻譯成日文嗎?

out of

⑭

① 從~外面・
從~

Step1　透過圖解來記憶！

從立體空間的內部
移動到外部的意象。

從立體空間「內」移動到「外」的「out of」

表「向外」的「out」加上表「從全體分離的一部分」的「of」，構成了具有介系詞功能的「out of」。例如「out of the box（從箱子裡出來）」，透過指定「箱子」這個空間，描繪由內向外移動的一連串動作與狀態，正是其核心意象。「out of（到~外部，從~出來）」也是「into（進入~內部）」的反義詞。
「from」則僅表示從起點分離，即「從~」。

out of ①

Step2　透過插圖與例句進一步掌握！

1　「從」口袋

He took a coin out of his pocket.

他從口袋裡拿出了一枚硬幣。

2　「出於」好奇心

She opened the box out of curiosity.

她出於好奇心打開了那個箱子。

3　「從」窗戶

You can see Mt. Fuji out of the windows of the hotel.

從飯店的窗戶可以看到富士山。

4　「出自」牛奶

Cheese is made out of milk.

起司是由牛奶製成的。

221

⑭ out of

② 消失・分離

Step1　透過圖解來記憶！

移動到公司外 → 離開工作 → 表現失去工作的意象。

因為「分離」所以「消失」的「out of」

「out of ~」後接表示狀態或物質的詞語時，表示「從某種狀態中脫離」或「某物已經消失」的意思。例如，「out of work」表示「失業中」；「out of milk」表示「牛奶已經用完了」。此外，像「two out of (every) five people（每 5 人之中有 2 人）」這樣，從數字中抽取某些數值時也使用「out of」。

Step2　透過插圖與例句進一步掌握！

1 汽油「消失」

This car is out of gas.
這輛車沒油了。

2 庫存「消失」

This item has been out of stock for a week.
這項商品已經缺貨一週了。

3 5人之中有3人「分離」

Three out of every five people have mobile phones in this country.
在這個國家，每 5 個人中有 3 個人擁有手機。

4 10次之中有9次「分離」

Nine times out of ten your first choice turns out to be the right one.
十之八九，你第一次的選擇是正確的。

Step3　使用到out of的片語

☐ run out of ~

動 用光～

He **ran out of** money and had to sell his gold watch.
他沒錢了，不得不賣掉他的金錶。

☐ get out of ~

動 從～下來；從～出去

We **got out of** the taxi in front of the station.
我們在車站前下了計程車。

☐ out of the way of ~

前 不要阻礙～

Keep **out of the way of** the parade.
請避開以免阻礙遊行隊伍。

☐ out of place

形 格格不入的

I felt **out of place** at the party.
我在派對上感到格格不入。

☐ out of the blue

副 突然，毫無預警地

He proposed to her **out of the blue**.
他突然向她求婚了。

衍生自「a bolt from the blue（晴天霹靂）」的表現。

☐ talk A out of ~ing

動 說服 A 不要做～

I **talked** him **out of** getting married.
我說服了他不要結婚。

More Information
乘坐交通工具「下車」的
「get off」和「get out of」有什麼不一樣？

公車或電車這類交通工具，人可以在其中自由活動，且腳能穩穩站在地板上。因此「上公車」用「**get on a bus**」，「下公車」則用其反義詞「**off**」，以「**get off a bus**」表示，有站立離開車輛的意象。

另一方面，「搭計程車」時，是身體彎曲進入像箱子般的空間，以「**get into a taxi**」來表現（或「**get in a taxi**」，細微差異可參考第73頁）。同理，「從計程車下車」則有從空間內出來的意象，使用「**get out of a taxi**」來表達。

如果是從一輛因事故而燃燒的公車中逃出來，用「**get out of the burning bus**」來表達會更自然。

get off a bus

get out of the bus

Step3　使用到 out of 的片語

☐ out of order

形 發生故障

This vending machine is out of order.
這台自動販賣機故障了。

☐ out of sight

副 看不見

The ship sailed out of sight.
那艘船消失在視線之外。

☐ out of fashion

形 過時的

Long skirts are out of fashion now.
長裙現在已經不流行了。

☐ out of control

形 失控的

The drone went out of control and crashed.
那架無人機失去了控制並墜毀了。

☐ out of date

形 過時的，無效的

The information in the guidebook is out of date.
那本指南書裡的資訊已經過時了。

☐ out of breath

形 上氣不接下氣

Why are you out of breath?
你為什麼氣喘吁吁的？

☐ out of danger

形 脫離危險

This is how we got out of danger.
我們就是這樣脫離危險的。

☐ out of reach of ~

前 在～無法觸及的地方

Keep it out of reach of children.
請將它放在孩子拿不到的地方。

☐ get out of hand

動 失控

Things are getting out of hand.
事態變得一發不可收拾。

☐ out of hand

副 立即，立刻

His proposal was rejected out of hand.
他的提案立刻被駁回了。

☐ out of the question

形 不可能的，不被考慮的

You can't wear jeans to the party; it's out of the question.
你不能穿牛仔褲參加派對，那不可能。

☐ out of one's mind

形 發瘋

He must be out of his mind.
他一定是瘋了。

15 against

① 對立・反對

> **Step1　透過圖解來記憶！**

鮭魚沿著河川
逆流而上的意象。

以「對立」的力量來表「反對」的「against」

鮭魚會為了產卵沿著河川逆流而上，這正是「against」的核心意象。它描述了河流的水流與鮭魚相互抗衡的畫面，當兩股力量對峙時，自然而然會產生「對立」或「反對」的概念。這種對抗並非單方面推擠，而是包含反作用力、被推回來的感覺。例如，梯子靠在圍欄上是「lean a ladder against the fence」，給人梯子以圍欄為背景的意象。

against ①

Step2 透過插圖與例句進一步掌握！

1 「反對」計劃

Are you for or against the plan?

你是支持還是反對這項計劃？

2 與朋友「對立」

The politician ran against his friend in the election.

那位政治家在選舉中與朋友對抗。

3 與藍天「對立」

We took our pictures against the blue sky.

我們以藍天作為背景拍了照片。

4 「反對」意志

He signed the contract against his will.

他違背自己的意願簽下了合約。

229

16 up

① 上升・動力

Step1　透過圖解來記憶！

像煙火升空一樣
充滿力量感的向上運動。

表有「力量感」的「向上動作」的「up」

煙火的火花迅速向高空升起，這種「向上的運動」以及「位於高處的狀態」，就是「up」這個介系詞・副詞的核心意象。向上的運動總是讓人聯想到力量感。逐漸加速稱為「speed up（加速）」；逐漸讓身體暖起來是「warm up（暖身）」；從緩慢的步伐逐漸加速的跑步方式則稱為「build up（漸進加速）」。

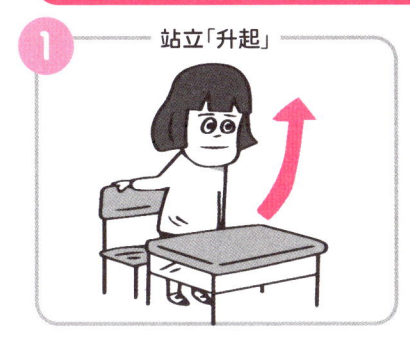

Step2 透過插圖與例句進一步掌握！

1 站立「升起」

Stand up, please.
請起立。

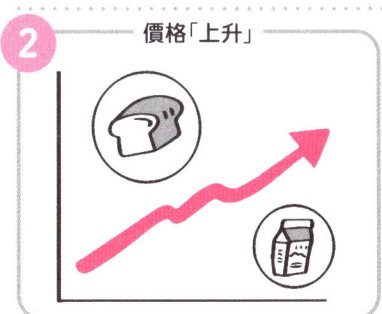

2 價格「上升」

Prices are going up these days.
最近物價正在上漲。

3 數字「上升」

Can you count up to ten in Spanish?
你可以用西班牙語數到十嗎？

4 溫度「上升」

I heated up the cold soup for dinner.
我把晚餐的冷湯加熱了。

Step3　使用到up的片語

☐ get up
動 起床

It's time to get up.
起床時間到了。

☐ wake up
動 醒來

Wake up! It's already 7 o'clock.
醒醒！已經七點了。

☐ stay up
動 熬夜

I stayed up late last night.
昨晚我熬夜了。

☐ sit up
動 坐直；熬夜

Sit up straight.
坐直身體。

☐ put up ~
動 架設；舉起

Put up your hand if you don't understand.
如果有不懂的，請舉手。

☐ put ~ up
動 提供～住宿

Can you put me up for the night?
今晚能讓我住一晚嗎？

☐ set up~

動 設立～

I'm thinking of setting up a new business.
我正在考慮創立一家新公司。

☐ pick up~

動 撿起；接人，載人；聽懂（外語）

I'll pick you up around noon tomorrow.
我明天中午左右來接你。

☐ hold up~

動 舉起～；延遲；搶劫

The post office was held up last week.
先那家郵局上週遭遇搶劫。

☐ pull up (~)

動 （車輛）停下；拉近

> 此表現來自「將馬的韁繩向上拉」。

The car pulled up in front of my house.
那輛車停在我家門前。

☐ turn up (~)

動 調高音量；出現

Would you turn up the radio?
可以把收音機音量調高嗎？

☐ look up (~)

動 仰望；查閱

Look up this word in the dictionary.
請在字典裡查這個單字。

Step3　使用到up的片語

☐ give up (~)
動 放棄~

She gave up the idea of studying abroad.
她放棄了出國留學的念頭。

☐ build up ~
動 建立~；增強~；鍛鍊~

I have to build up my strength.
我必須鍛鍊身體。

☐ put up with ~
動 忍受~

I can't put up with his rude attitude.
我無法忍受他的無禮態度。

☐ grow up
動 成長

She grew up to be a doctor.
她長大後成為了一名醫生。

☐ bring up ~
動 撫養~；提出~；把~拿上來

She was born and brought up in Osaka.
她在大阪出生長大。

☐ cheer up (~)
動 使~振作

「打起精神！」就是「Cheer up!」。

Her letter cheered me up.
她的信讓我振作了起來。

☐ hurry up

動 快點

Hurry up, or you'll miss the train.
快點,不然你會錯過電車。

☐ warm up ~

動 重新加熱～;暖身

Warm up the pasta in the oven.
用烤箱重新加熱義大利麵。

☐ take up ~

動 占用(時間或空間);採取～;開始～

The piano **takes up** too much space.
鋼琴占了太多空間。

☐ make up (~)

動 構成～;捏造～;化妝,和好

The couple kissed and **made up**.
那對情侶相吻後和好了。

☐ make up for ~

動 彌補～

We have to **make up for** lost time.
我們必須彌補失去的時間。

☐ brush up (on) ~

動 重新學習～

I'm going to **brush up (on)** my French.
我打算重新學習法語。

16 up

② 出現・結束

Step1　透過圖解來記憶！

被煙火驚嚇到，
問道「What's up?（發生什麼事了？）」

表煙火「出現」並「消失」的意象的「up」

升空的煙火在空中炸裂，夜空中展開了美麗的景象。**突然「出現」的煙火讓人們感到驚訝**，忍不住想知道到底發生了什麼。
「What's up?」的本意是「發生了什麼事？」，但這個表達也常用來問候別人「你過得如何？」。
夜空中美麗的煙火轉瞬即逝，消失得無影無蹤。上升的運動最終會遵循重力法則停止，並落下。因此，「up」也衍生出「一氣呵成」、「徹底結束」的含義。

Step2　透過插圖與例句進一步掌握！

1 某個東西「出現」

"What's up?"
"Nothing much."

「你過得如何？」
「沒什麼特別的。」

2 時間「結束」

Time's up.

時間到了。

3 作業完全「結束」

Finish up your homework.

趕快把作業做完。

「Finish up ~」表示「徹底完成～」。

4 一口氣「結束」飲用

Drink up!

乾了！

如果是「吃光」，則用「eat up」。

Step3　使用到up的片語

☐ show up
動 現身

She didn't show up at the party.
她沒有出現在派對上。

☐ use up ~
動 用完，耗盡

Use up the milk within a week.
請在一週內把牛奶用完。

☐ end up (~)
動 （以～）結束

The story ended up surprising me.
這個故事的結局讓我大吃一驚。

☐ blow up (~)
動 爆炸，炸毀

The terrorists blew up the bridge.
恐怖份子炸毀了那座橋。

☐ break up (~)
動 把～打碎；終止，結束

The party broke up at midnight.
派對在午夜結束了。

☐ break up with ~
動 和～分手

Why did you break up with her?
你為什麼和她分手？

eat up (~)

[動] 吃光

Eat up your lunch.
把你的午餐吃完。

shut up (~)

[動] 閉嘴，使～閉嘴

Shut up and listen!
閉嘴，聽著！

clean up ~

[動] 清理

Can you help me **clean up** the living room?
你能幫我收拾一下客廳嗎？

clear up (~)

[動] 放晴；整理

The rain has **cleared up**.
雨停了。

be fed up with ~

[動] 厭倦，受夠了

I'**m fed up with** his long stories.
我受夠了他的長篇大論。

sum up ~

[動] 總結～，概括～

Sum up your argument in a sentence.
用一句話總結你的主張。

16 up

③ 靠近・到～為止

Step1　透過圖解來記憶！

以「接近」抵達點（山丘頂端）為核心意象。

表「接近」話題中心的「up」

「climb up the hill」是指「朝山丘頂端攀登」，並不一定表明已經到達頂端。由此可以看出，「up」含有朝著目標或話題中心「接近」的意思。
如果要表達「攀登到山丘頂端」，則需要借助表抵達點的介系詞「to」，即「climb up to the top of the hill」。同樣地，「count up to ten」表示「數到 10」，「water up to the knees」則表示「淹及膝蓋的水」。若以抵達點為標準，「not up to ~」表示「未達～的標準」。例如，「I'm not up to the job.」表示「我無法勝任這份工作」。

Step2　透過插圖與例句進一步掌握！

1 朝我「接近」

A stray cat walked up to me.

一隻流浪貓走近了我。

2 朝你「接近」

I'll meet up with you at the station.

我們在車站碰面吧。

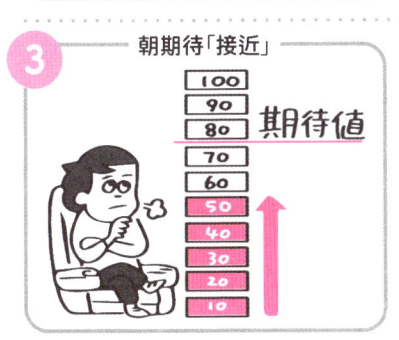

3 朝期待「接近」

The movie wasn't up to my expectations.

那部電影沒有達到我的期望。

4 朝你（的標準）「接近」

"Shall we eat out or stay in?"
"It's up to you."

「我們要出去吃還是在家吃？」
「由你決定。」

「up to you」就像是「you」掛著一根繩子的感覺。意思是判斷的標準在於「你」。

Step3　使用到up的片語

☐ up to ~

介 到～為止

This hall can hold **up to** an audience of 500.
這個大廳最多可以容納 500 名觀眾。

☐ up to date

形 最新最新的

This software is **up to date**.
這個軟體是最新版本。

☐ up to now

副 到現在為止

Up to now, he's been doing pretty well.
到目前為止，他做得相當不錯。

☐ up to a point

副 某種程度上

I agree with you **up to a point**.
我在某種程度上同意你的看法。

☐ come up to ~

動 接近～；達到～；滿足（期望）

His performance didn't **come up to** my expectations.
他的表現未能達到我的期望。

☐ look up to ~

動 尊敬～

Many students **look up to** Mr. Smith.
許多學生尊敬史密斯先生。

☐ live up to ~

動 滿足（期望等）；按照～生活；實踐～

He found it hard to live up to his ideals.
理他發現實踐理想很困難。

☐ add up to ~

動 （總計）達到～

His debts added up to about one million dollars.
他的債務總計約一百萬美元。

☐ keep up with ~

動 跟上～

I walked fast to keep up with her.
我加快腳步好跟上她。

☐ catch up with ~

動 追上～

Go on ahead. I'll soon catch up with you.
你先走，我很快就會追上。

☐ think up ~

動 想出～

I couldn't think up an excuse.
我想不出一個藉口。

☐ come up with ~

動 想出～，提出～

I couldn't come up with an answer.
我想不出一個答案。

17 over

① 越過

Step1　透過圖解來記憶！

「over」的意象是像畫弧線般，從河的一端跨越到另一端。

「跨越」某物上方的「over」

「over」的核心意象是像「jump over the brook（跳過小溪）」這樣，如畫弧線般地從一端跨越到另一端。但如果是「the bridge over the brook（跨越小溪的橋）」，則表達靜止的狀態。

從當下所在地畫弧線到「對面（over there）」時，「over」會帶有距離感。「come over (here)（過來這邊）」，則表示從稍遠的地方過來。

當「over」與數字搭配時，例如「He's over fifty years old.（他已經超過 50 歲）」，則表示這個數字以上。嚴格來說，這裡是指 51 歲或以上。

Step2　透過插圖與例句進一步掌握！

1　「跨越（覆蓋）」桌子

She spread a cloth over the table.

她把桌布鋪在桌子上。

2　「跨越（覆蓋）」西裝

He was wearing a coat over his suit.

他在西裝外面穿著一件大衣。

3　「跨越」歐洲（從一端到另一端）

I want to travel all over Europe.

我想遊遍整個歐洲。

4　「跨越」電話

We talked over the phone.

我們透過電話進行了交談。

Step3 使用到over的片語

☐ run over ~

動 碾過～

My sneaker was run over by a car.
私我的運動鞋被車碾過了。

☐ get over (~)

動 克服～；戰勝～

It took me a week to get over the flu.
我花了一個星期才戰勝流感。

☐ hand over ~

動 交出～

The thief was ordered to hand over his gun.
小偷被命令交出他的槍。

☐ pull over (~)

動 （把車）開到路邊，把～拉過來

He pulled his car over.
他把車停靠在路邊。

☐ stop over

動 （旅途中）短暫停留或過夜

The plane stopped over in Manila on the way to Cebu.
飛機在前往宿霧的途中於馬尼拉短暫停留。

☐ give over ~

動 移交～

We gave him over to the police.
我們將他移交給警方。

☐ move over

動 挪開位置

Move over a little, please.
請稍微挪開一些。

☐ turn over (~)

動 翻轉~

Turn the card **over**, please.
請將卡片翻過來。

☐ take over ~

動 接管~

She **took over** her father's business.
她接管了父親的事業。

☐ carry over ~

動 將~延至後期

You can **carry over** your ten days' leave to next year.
你可以將十天的假期延至明年使用。

☐ all over ~

介 遍及~

Her book is read **all over** the world.
她的書在全世界廣泛流傳。

☐ over the hill

形 不再年輕，全盛期已過

That singer is **over the hill**.
那位歌手的全盛時期已過。

over

⑰

② 結束・重複・控制

Step1　透過圖解來記憶！

從暑假開始
到結束的期間。

表「結束」或「支配」的「over」

「派對結束了（快樂的時光到此結束）」可以用「The party is over.」來表達，這句話帶有一種從頭到尾的概念——即從派對的開始到結束——用來表示「結束」。如果對象是一段特定的期間，例如「over the summer vacation」，就可以表示「從暑假的開始到結束」，也可以理解為「整個暑假期間」。

「A over B」的概念是 A 覆蓋在 B 之上的狀態，進而引申為「A 比 B 更處於優勢」，還可以用來表示「A 支配 B」或「A 比 B 更佔優勢」。

Step2 透過插圖與例句進一步掌握！

1 季節「結束」

The rainy season is over.
梅雨已經結束了。

2 週末「結束（的期間）」

I'll stay home over the weekend.
我週末會待在家裡。

3 在午餐時「反覆」對話

Let's talk over lunch.
我們邊吃午餐邊聊吧。

4 「控制」學生

The teacher had no control over some students.
那位老師無法掌控某些學生。

Step3　使用到over的片語

☐ talk over ~

動 進行討論，商量～

We had a lot to talk over.
我們有許多需要討論的事情。

☐ think over ~

動 仔細思考～

Let me think over your plan.
請讓我仔細考慮你的計劃。

☐ cry over ~

動 為～感到沮喪；後悔

直譯為「為打翻的牛奶哭泣也無濟於事」。這句諺語出自此處。

It is no use crying over spilled milk.
覆水難收。

☐ go over ~

動 通過；檢查；檢討

You should go over the details before you buy a house.
在買房子之前，你應該仔細檢查細節。

☐ look over ~

動 大致檢查～（瀏覽）

He looked over the papers before the meeting.
他在會議前大致瀏覽了文件。

☐ start over

動 從頭開始

Let's start over from the beginning.
我們從頭開始吧。

◻ over and over (again)

副 一次又一次

She sang the same song over and over.
她反覆地唱著同一首歌。

◻ over a cup of tea

副 一邊喝茶、一邊～

We had a chat over a cup of tea.
我們邊喝茶邊聊天。

◻ roll over

動 滾動；翻身

He rolled over in the bed.
他在床上翻了個身。

◻ over again

副 再一次，重新

I wish I could live my life over again.
多麼希望我的人生能夠重來。

◻ read over ~

動 快速閱讀～，從頭到尾瀏覽～

Read over your answers carefully.
請把你的答案仔細看過一遍。

◻ rule over ~

動 統治～

The king ruled over his people for fifty years.
這位國王統治了他的人民五十年。

18 beyond

① 在那邊・超越

Step1　透過圖解來記憶！

往遙遠河川的「彼岸」去。

表「超越」「彼岸」的「beyond」

「beyond」這個詞用於「the beyond」時，可以表示「來世」，其語源來自於「超越遙遠事物的彼岸」。這個詞的核心意象不僅限於空間，還「超越」了時間、範圍、界限與邊界的「遙遠彼方」。用於空間，如「beyond the river（在河的彼岸）」；用於時間，如「beyond midnight（超過午夜 12 點）」；用於界限，如「beyond me（超出我的理解範圍）」。

相較於「live above one's income（以超過收入的標準生活）」，「live beyond one's income」則表示生活水準遠遠超過實際收入，兩者有明顯不同。

beyond ①

Step2 透過插圖與例句進一步掌握！

1 「超越」嬰兒

Put it beyond the reach of babies.

請將它放在嬰兒無法觸及的地方。

2 「超越」描述

The scenery is beautiful beyond description.

那景色美得難以用言語形容。

3 「超越」認知

He has changed beyond recognition.

他已經變得讓人認不出來了。

4 「超越」收入

He used to live beyond his means.

他過去常過著超出自己收入的生活。

253

19 above

① 在上方

Step1　透過圖解來記憶！

在雲海「之上」的飛機。

表空間、數值、能力「在上方」的「above」

「above」的核心意象是以某個物體為標準，位於該標準以上的位置。例如，「The plane is above the clouds.（飛機位於雲海的上空）」，表示飛機的高度以雲海為標準，高於雲海的高度。同樣地，也可以用「The blue sky is above the clouds.（藍天在雲海之上）」，因為藍天的高度也高於雲海。

「above」不僅用於空間上的上下關係，也用於表示數量、價值觀、地位或能力等方面在標準之上的情況。

above ①

Step2 透過插圖與例句進一步掌握！

1 在所有「之上」

Above all, you have to thank your family.

最重要的是，你必須感謝你的家人。

2 在海平面「之上」

The village is 1,000 meters above sea level.

那個村莊位於海拔一千公尺的地方。

3 超越謊言「之上」

He is above telling lies.

他不是會撒謊的人。

用「be above ~ing」表示「不是那種會做～的人」。

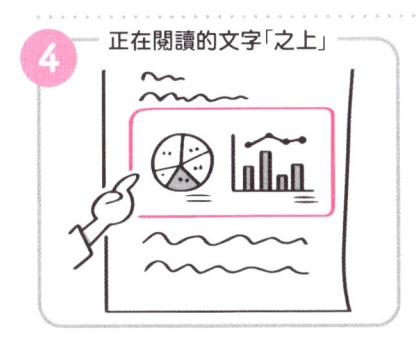

4 正在閱讀的文字「之上」

For details, see above.

換詳細內容請參考上文。

255

⑳ below

① 在下方

Step1　透過圖解來記憶！

「above」的反義詞是「below」。
飛機「之下」的雲海。

位於某個標準「下方」的「below」

「above」的反義詞是「below」，**其核心意象是以某個標準為參考，位於該標準以下的位置**。與「above」一樣，「below」也是一種無動態或方向性的靜態概念。例如，「看著飛機下方延展的雲海」可以表達為「**Look at the clouds below.**」，在這種情況下，標準是飛機的高度。如果標準是地平線的高度，則可以說：「**The sun has just set below the horizon.**（太陽剛剛落在地平線以下）」。如果標準是膝蓋的高度，則可以說：「**My skirt reaches far below the knees.**（我的裙子長度遠低於膝蓋）」。

below ①

Step2 透過插圖與例句進一步掌握！

1 在腰帶「之下」

His comment was below the belt.

他的評論很不公平。

「Below the belt」（卑鄙的行為、犯規）這個慣用語源自於拳擊比賽中，攻擊腰部以下被視為違規的規則。

2 在平均值「之下」

His height is below average.

他的身高低於平均值。

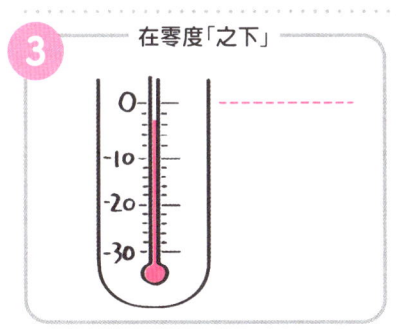

3 在零度「之下」

The temperature dropped below zero.

氣溫下降到零度以下。

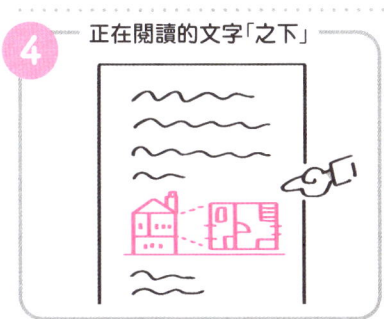

4 正在閱讀的文字「之下」

For more information, see below.

如需更多資訊，請參考下方內容。

More Information
什麼時候可以用「below」來表示「下方」？

「**My office is below the convenience store.**（我的辦公室位於便利商店的下方）」可以理解為「我的辦公室在便利商店的地下」。在地圖上，若說「**Kamakura City lies below Tokyo on a map.**」，意思是「鎌倉市位於東京的南方（地圖上的下方）」。如果是「**There's a waterfall below the bridge.**」，則表示「橋的下游有一個瀑布」。

此外，「**below**」也可以用來表示數量、地位或價值低於某個標準。例如，「**It was 10 degrees below freezing point this morning.**」以零度為標準，意指「今早氣溫是零下10度」。「**He is one year below me.**」是「他（在學校）比我低一個年級」（例如我是二年級，他是一年級）。「**The job is below you.**」則指「這不像是你會做的工作」。

More Information
「over」和「above」有什麼不一樣？

這裡進一步解釋「below」的反義詞「above」在使用上的差異。「**The plane flew over Paris.**（飛機飛越了巴黎上空）」，這裡的「over」帶有在巴黎上空移動的意象。另一方面，「above」則表不具動態或方向性的靜態意象，例如「**Planes have to fly above the clouds.**（飛機必須在雲層之上飛行）」。

「**My office is above the convenience store.**」是「我的辦公室位於便利商店的上方」。如果在地圖上說「**Kasukabe City lies above Tokyo on a map.**」，則表示「春日部市位於東京的北方（地圖上的上方）」。也有像「**There's a waterfall above the bridge.**」這樣的用法，表示「橋的上游有一座瀑布」。

21 down

① 向下

Step1　透過圖解來記憶！

朝樓梯「下方」
移動的意象。

表方向朝下與位於下方狀態的「down」

「up」的反義詞是「down」，其核心意象包含「向下運動」以及「位於下方的狀態」，適用於介系詞及副詞用法。「從 1 數到 10」為「count up to ten」，「從 10 倒數到 1」則是「count down from ten to one」。
「go down the stairs」表示「走下樓梯」，但「go down the street」並非「沿著街道往下」，而是「沿著街道一直往前走」的意思。在此情況下，「down」不是「向下」，而是表示「朝遠離自己所在位置的方向前進」。

down ①

Step2　透過插圖與例句進一步掌握！

1 朝「下方」坐

Sit down, please.
請坐下。

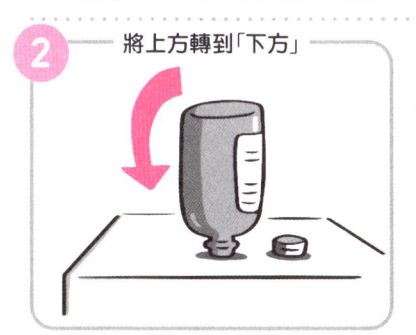

2 將上方轉到「下方」

Keep the bottle upside down.
請把瓶子倒置。

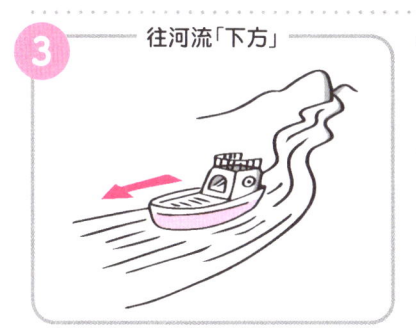

3 往河流「下方」

The ship sailed down the river.
船順流而下。

4 往街道「下方（前方）」

There's a nice restaurant down this street.
沿著這條街往前走，有家不錯的餐廳。

這裡的語感不是由高處「向下」走，而是表示「朝遠方前進」。

Step3　使用到down的片語

☐ come down

[動] 降下來；落下，下降；傳承

What goes up must come down.
凡事有起必有落。

☐ go down

[動] 降下去，下降，下沉

The sun went down.
太陽下山了。

☐ fall down (~)

[動] 從～掉落；倒塌；摔倒

The bridge is about to fall down.
那座橋快要倒塌了。

☐ look down on ~

[動] 輕視，蔑視

She looks down on fans of horror movies.
她看不起喜愛恐怖電影的粉絲。

☐ cut down ~

[動] 砍倒～

Trees are being cut down for lumber in the Amazon.
亞馬遜的許多樹木正被砍伐，用於製作木材。

☐ pull down ~

[動] 拆除～（= tear down ~）；拉下～

The old factory was pulled down.
那座舊工廠被拆除了。

☐ let down ~

動 使～失望；降下～

She let down the blinds.
她放下了窗簾。

☐ get down (~)

動 下來；放下；使～失望

Get down from the ladder.
從梯子上下來。

☐ hand down ~

動 將～傳承下來

The custom has been handed down from generation to generation.
這項習俗代代相傳。

☐ set down ~

動 放下～；訂定（標準等）；記下～

She carefully set the vase down on the table.
她小心地將花瓶放在桌上。

☐ put down ~

動 放下～；鎮壓～；記下～

The rebellion was immediately put down.
那場叛亂立刻被鎮壓了。

☐ shut down (~)

動 關閉～；停工

The factory was shut down for a month.
那間工廠停工了一個月。

21 down

② 衰退・停止・穩定

Step1　透過圖解來記憶！

倒在擂台上，
進入靜止狀態。

力量減弱並「停止」的「down」

相較於「up」讓人感受到動能與活力，「down」則暗示了力量的衰退與減弱。在拳擊比賽中，「擊倒（knock down）」指的是選手被對手擊中而倒地，進而進入「靜止狀態」。「Put your hand down.」是「放下你的手」；「Put your pencil down.」是「放下你的鉛筆」。這裡表達的意象，是藉由「放下」的動作，讓東西從一種懸空、不穩定的狀態，轉變為穩定的靜止狀態。

Step2　透過插圖與例句進一步掌握！

1 精神「衰退」

You look a little down.
你看起來有點沒精神呢。

2 體力「衰退」

I'm down with the flu.
我因為流感而臥病在床。

3 功能「停止」

This computer is down.
這台電腦壞了（發生故障）。

4 「穩定」躺下

Let's lie down on the grass.
我們躺在草地上吧。

Step3　使用到down的片語

☐ get down to ~

動（正式地）開始著手～

It's time to **get down to** work.
是時候開始工作了。

☐ settle down (~)

動 坐下；定居；安頓，使～安定下來

The family **settled down** in Hokkaido.
那家人定居在了北海道。

☐ calm down (~)

動 使～冷靜，冷靜下來

Calm down and listen to me.
冷靜下來，聽我說。

☐ cool down (~)

動 冷靜；降溫，使～冷卻

Wait for the soup to **cool down**.
等湯涼一下再喝。

☐ die down

動（聲音）變小；（風）變弱；（火勢）減弱

The wind is beginning to **die down**.
風開始變小了。

☐ cut down on ~

動 減少～

You should **cut down on** carbohydrates.
你應該減少碳水化合物的攝取量。

burn down (~)

動 （～被）燒毀

The old castle **burned down**.
那座古老的城堡被燒毀了。

slow down (~)

動 減速，放慢～的速度

The car **slowed down** at the intersection.
那輛車在十字路口減速了。

break down

動 故障

My car **broke down** in the middle of the road.
我的車在路中央拋錨了。

turn down ~

動 拒絕～；調低（音量）

Why did you **turn down** the invitation?
你為什麼拒絕了這個邀請？

come down with ~

動 罹患（某種疾病）

He **came down with** a bad cold.
他得了重感冒。

melt down

動 （～被）熔解，（核電廠）發生爐心熔毀

The scrap iron is **melted down** and recycled.
這些廢鐵被熔化後回收再利用。

㉒ under

① 在下方・向下・進行中

> Step1　透過圖解來記憶！

在桌子的正下方。

表某個東西「正下方」的「under」

「under」的核心意象是某個物體位於另一個物體的正下方，例如「a cat under the table（桌子底下的貓）」。「under」也可以表達動態的狀態，例如「roll under the table（滾到桌子下面）」。此外，「under」是「over」的反義詞，所以也可表示承受「來自上方的壓力或影響」，並同時表達下方支撐者「正在進行的動作或狀態」。

當「under」與數字搭配時，該數字不包含在內。例如「under twenty（小於 20）」，意思是「19 以下」。

Step2 透過插圖與例句進一步掌握！

1 橋的「下方」

Our boat passed under the bridge.

我們的船從橋下穿過。

2 從車子「下方」

A cat ran out from under the car.

一隻貓從車底下跑了出來

3 處於壓力「之下」

I'm under stress.

我感到壓力很大。

4 工程「進行中」

A big hotel is under construction near the airport.

機場附近正在建造一座大型飯店。

Step3　使用到under的片語

☐ under age

形 未成年

I can't drink because I'm under age.
我未成年，不能喝酒。

☐ under the weight of ~

介 因～的重量而

The bench collapsed under the weight of many people.
長椅因為承受太多人的重量而倒塌了。

☐ under no circumstances

副 無論如何，絕對不可以

Under no circumstances are you to leave the house.
無論如何，你都不能離開家裡。

☐ under the name of ~

介 以～的名義，化名～

He wrote a novel under the name of Jack Robinson.
他以「傑克‧羅賓遜」的名義寫了一本小說。

☐ under control

形 受到控制，狀況正常

Everything is under control.
一切都在掌控之中。

☐ under the influence of ~

介 受到～的影響

She became a lawyer under the influence of her father.
她受到父親的影響成為了一名律師。

☐ under way

形 進行中

The ceremony is under way.
儀式正在進行中。

☐ under repair

形 維修中

Our school gym is under repair.
我們學校的體育館正在維修中。

☐ under investigation

形 調查中

The murder is still under investigation.
這起謀殺案仍在調查中。

☐ under consideration

形 考慮中，審議中

My proposal is under consideration.
我的提案正在審議中。

☐ under development

形 開發中

The new vaccine is under development.
新疫苗正在開發中。

☐ under surveillance

形 監視中

The police are keeping him under surveillance.
警方正在監視他。

23 after

① 緊接著

Step1　透過圖解來記憶！

追著小偷的背影。

表追隨背後、緊跟其後的「after」

「after」的核心意象是緊跟在某物後方追逐、接續或跟隨的動作或狀態，例如「run after the thief（追趕小偷）」。和「after school（放學後）」、「after lunch（午餐後）」相比，「work overtime day after day（每天加班）」的「after」則帶有不斷追趕的意象。在藝術方面，學習者通常會從模仿大師的風格開始，將其視為追趕的目標日夜鑽研。在此意象下，「a painting after the style of Monet」，意指「（模仿）莫內風格的作品」。

此外，「after」也可以用於禮貌用語和慣用語：「After you.（走在你後面）」意為「您先請」；「after all」表示經過一切之後的結論，意為「終究，畢竟」。

after ①

Step2　透過插圖與例句進一步掌握！

1　「接續（模仿）」你

We named our son after you.
我們以你的名字來為兒子命名。

「name A after B」表示「以 B 的名字來命名 A」，從「模仿」引申為「取名自～」的概念。

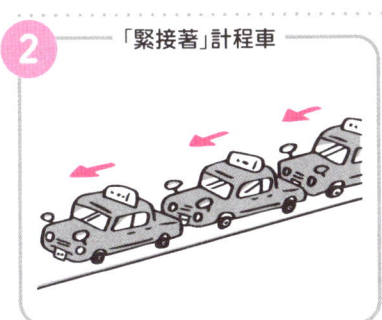

2　「緊接著」計程車

The taxis came one after another.
計程車一輛接著一輛地來了。

3　「緊接著（從後方緊盯著）」3個孩子

She has three children to look after.
她有三個孩子需要照顧。

4　「接續（像）」父親

The baby takes after her father.
這個嬰兒長得像她的父親。

「take after ～」表示「長得像～」，但受詞僅限於比主詞年長、有血緣關係的人。

273

24 behind

① 延遲・在後方

> Step1　透過圖解來記憶！

躲藏在某個東西後方。

表時間上・空間上「後方」的「behind」

「behind」的核心意象是「位於某物的後方」，例如「a park behind the school（學校後方的公園）」。不只用於空間，也可以用來指時間上的「延遲」；若涉及「事物」或「事件」，則表示「～的背後」。例如「hide behind the curtain（藏在窗簾後面）」、「the story behind the news（那則新聞背後的故事）」，都帶有隱藏的含義，暗示後方的物體被遮擋而無法看見。當用於成績或能力時，表示「落後」，例如「three goals behind (the other team)（落後對方球隊3分）」。

behind ①

Step2　透過插圖與例句進一步掌握！

1 藏在「背後」

Don't say bad things about others behind their backs.

不要在別人背後說壞話。

2 「落後」於時代

His ideas are behind the times.

他的想法已經落伍了。

「behind time」指「時間落後」，但如果加上 the、改成複數形的「the times」，則表示「時代」。就像最新款的科技產品後，排列著落伍舊款的畫面。

3 「在後方（不顧而去）」

I left my umbrella behind on the bus.

我把傘忘在公車上了。

這裡的「behind」是副詞，可以省略。

4 「落後」於預定時間

We are 10 minutes behind schedule.

我們比預定時間晚了 10 分鐘。

「比預定提前 10 分鐘」，則可以說「10 minutes ahead of schedule.」。

㉕ among

① 在中間・在其中

Step1　透過圖解來記憶！

在群體（the crowd）之中。

表在多個物體「之間」的「among」

「among」的語源是「被同質的群體包圍」，其核心意象為「空間或範圍等，位於三個以上的群體之間」。「among」通常後接複數名詞，但也可用於集合名詞，如「the crowd（人群）」或「the audience（觀眾）」。
描述「世界上最大的城市之一（＝one of the largest cities in the world）」，也可以用「among the largest cities in the world」。

Step2 透過插圖與例句進一步掌握！

1 在樹林「之中」

The cottage is among the trees.

那間小屋座落在樹林之中。

2 在老一輩「之間」

The group is popular among the older generation.

這個團體在老一輩之間很受歡迎。

3 在其他事物「之中」

Among other things, I like reading.

除了別的事情，我還喜歡閱讀。

4 在我們「之間」

This is just among ourselves.

這件事就我們自己知道就好（這是我們之間的秘密）。

26 between

① 在～之間

Step1　透過圖解來記憶！

在兩個事物（人、時間）「之間」。

表兩者「之間」的「between」

「between」的核心意象為「空間位於兩個事物之間」，例如：「the boy standing between his parents（站在父母之間的男孩）」；「the bus running between the two cities（往返於兩座城市之間的公車）」。除了空間，也可以用於時間，例如「between 3 o'clock and 5 o'clock（在 3 點和 5 點之間）」。另外，當強調的是個體與其他多個個體之間的「相互關係」時，「between」也可以用在三者以上的情境，例如：「The Mediterranean lies between Africa, Europe and Asia.（地中海位於非洲、歐洲和亞洲之間）」。其他如男女的三角關係，重點在於各自的相互關聯，因此是「love between the three people（三人之間的愛情關係）」。

between ①

Step2 透過插圖與例句進一步掌握！

1 餐與餐「之間」

Do you usually eat between meals?

你經常吃點心零食嗎？

---

2 山羊和綿羊「之間」的差異

What's the difference between goats and sheep?

山羊和綿羊有什麼不同？

「the difference between A and B」表示「A 和 B 之間的差異」。

---

3 行與行「之間」

If you want to understand this poem, you need to read between the lines.

如果你想理解這首詩，你需要讀懂字裡行間的意思。

---

4 你和我「之間」

Please keep it between you and me.

請把這件事保密，就我們兩個人知道就好。

「Just between you and me.」表示「這是我們之間的秘密」。

㉗ out

① 往外・出現

Step1　透過圖解來記憶！

將在店裡購買的商品「帶到外面」。

表從內部往外「出現」的「out」

「out」的核心意象是從某個空間的內部移動到外部，這既可以指動作，也可以指狀態。「takeout（外帶）」表示把速食從店裡帶到店外的「行為」；「He is out.（他外出了）」表示離開家、人在外面的「狀態」。當視角放在外部時，「out」也可以表示從物體中冒出某個東西，即「出現」的意思。例如：「Look, the stars are out.（看，星星出來了）」、「His new book is out.（他的新書出版了）」，都是表示「出現」。本書中的「out」主要用作副詞。

out ①

Step2　透過插圖與例句進一步掌握！

1 把內側「往外」

He wore his sweater inside out.

他把毛衣穿反了。

2 「往外」的路徑

I can't find the way out.

我找不到出口。

3 把垃圾「往外」拿

Would you take out the garbage?

你可以把垃圾拿出去嗎？

4 櫻花「出現」

The cherry blossoms are out.

櫻花開了。

Step3　使用到out的片語

☐go out

動 走出去；（火、燈等）熄滅

Let's go out for a walk.
我們出去散步吧。

☐get out (~)

動 出去，把~拿出去

Get out!
給我出去！

☐come out

動 出現；出版；（秘密）被揭露

Her new novel came out this month.
她的新小說本月出版了。

☐bring out ~

動 推出~；出版~

She brought out another new book.
她又出版了一本新書。

☐keep out (~)

動 阻止進入，不讓~進入

The park is fenced in to keep out bears.
公園被圍起來，以防止熊進入。

☐hang out (~)

動 晾曬~；掛出~；閒晃

Can you hang out the laundry?
你可以晾一下衣服嗎？

stick out (~)

動 伸出～，突出

Don't stick your head out of the window.
不要把頭伸出窗外。

set out

動 出發

The expedition set out at dawn.
探險隊在黎明時出發。

give out (~)

動 分發～；發出（聲音、光、氣味等）；用盡

The lamp gives out white light.
這盞燈發出白光。

hand out ~

動 分發～；遞送～

The teacher handed out worksheets to the class.
老師發給班上學生習題講義。

break out

動 （戰爭、火災等）爆發

A big fire broke out in my neighborhood last night.
昨夜昨晚我家附近發生了一場大火。

go out with ~

動 和～交往

Are you going out with Keiko?
你在和惠子交往嗎？

Step3 使用到out的片語

☐ ask ~ out

動 邀請～出去，約～

Did you ask her out on a date?
你有約她出去嗎？

☐ eat out

動 外食

I eat out a couple of times a week.
我每週會外食幾次。

☐ take out ~

動 取出～；帶～出去

I'll take you out for dinner tonight.
今晚我請你吃飯。

☐ stay out

動 在外面，不回家

You can't stay out after dark.
天黑後你不能待在外面。

☐ pick out ~

動 挑選～；選出～；辨認出～

He picked out a blue shirt.
他選了一件藍色的襯衫。

☐ point out ~

動 指出～

She pointed out several mistakes in my composition.
她指正了我作文中的幾個錯誤。

☐ count ~ out

動 把～排除在外

> 表現不想參加的心情，所以不能對地位比自己高者使用。

You can count me out.
這次我不參加了。

☐ be cut out for ~

動 適合做～

I'm not cut out for teaching.
我不適合當老師。

☐ fall out

動 掉出來；（牙齒、頭髮等）脫落

When I opened the fridge, an egg fell out.
當我打開冰箱時，一顆雞蛋掉了出來。

☐ drop out

動 退學；中途退出

About one third of the students dropped out.
大約三分之一的學生輟學了。

☐ help out (~)

動 幫助，協助～，救助～

Let me help you out.
讓我來幫你吧。

☐ check out (~)

動 辦理退房；檢查

Check it out for yourself.
自己去確認一下吧。

285

Step3　使用到out的片語

☐ stand out

動 突出，顯眼

Seiko always stands out at parties.
聖子在派對上總是很顯眼。

☐ turn out (~)

動 關掉（電器等）；結果是～；生產～

The news turned out to be fake.
這則消息結果是假的。

☐ find out (~)

動 發現，查明，得知

He'll get angry if he finds out.
如果他知道了，他會生氣的。

☐ pull out (~)

動 拔出～；出發

I had my decayed tooth pulled out today.
今天我拔掉了一顆蛀牙。

☐ single out ~

動 挑選出～

He was singled out as the Most Valuable Player.
他獲選為最有價值球員（MVP）。

☐ hold out (~)

動 伸出～；持續～

Hold out your right hand with the palm down.
請手掌向下，伸出你的右手。

☐ watch out

[動] 小心，注意（= look out）

Watch out! There's a truck coming.
小心！有卡車過來了！

☐ speak out

[動] 公開表達意見

He **spoke out** against the plan.
他公開反對這項計劃。

☐ work out (~)

[動] 順利進行；鍛煉身體；想出～

She **works out** at the gym every other day.
她每兩天就到健身房運動。

☐ figure out ~

[動] 理解～；算出～

I can't **figure out** the math problem.
這道數學題我解不出來。

☐ make out ~

[動] 理解～；辨識～

I can't **make out** his writing.
我看不懂他的字。

☐ carry out ~

[動] 實現～

He couldn't **carry out** his promise.
他無法履行自己的承諾。

27 out

② 消失・消滅・徹底

Step1　透過圖解來記憶！

外出後，
家裡變成沒人的狀態。

表徹底「消失」、「停止」的「out」

「They went out for dinner.」是「他們外出吃晚餐」；如果把視角放在家裡，則家中變成「完全沒有人」的狀態。由此，**out**引申出「消失，消滅」的含義。「The elevator is out.（電梯故障了）」的「out」則表示「停止運作」。
此外，當某物完全從一個地方消失時，「out」也可表示「完全，徹底」。例如：「He's tired.」表示「他很累」；「He's tired out.」則表示「他累壞了（筋疲力盡）」，有強調的語感。

out ②

Step2　透過插圖與例句進一步掌握！

1　「徹底（完全）」輸了

Our team was knocked out in the first round.

我們隊在第一輪比賽中被淘汰了。

2　「徹底（全部）」聽完

Don't be angry. Hear me out.

別生氣，先聽我把話說完。

3　「徹底（完全）」賣光

The tickets are sold out.

門票已經售罄了。

4　「徹底（完全）」打掃乾淨

I'm going to clean out the garage this Sunday.

這個星期天我要把車庫清理乾淨。

「clean up」用於一般的清掃整理，而「clean out」則帶有「把裡面的東西全部清理掉」、「徹底清空」的語感。

Step3　使用到out的片語

☐ die out

動 滅絕

That species of bird died out a hundred years ago.
那種鳥類在一百年前絕種了。

☐ put out ~

動 熄滅（火、燈）；拿到外面

It took about a month to put out the bush fire.
撲滅那場森林大火花了一個月的時間。

☐ run out

動 用完，耗盡

Their food soon ran out.
他們的食物很快就耗盡了。

☐ cross out ~

動 刪除～（打 × 劃掉）

Cross out the incorrect word in each sentence.
請在每句話中劃掉錯誤的單詞。

☐ leave out ~

動 省略；遺漏；擱置

You can leave out this part.
這部分可以省略。

☐ blow out (~)

動 吹熄～；因風熄滅；爆胎

She blew out the candles on the cake.
她吹熄了蛋糕上的蠟燭。

☐ burn out (~)

動 燒毀；筋疲力盡

> 表現外觀可能還在，但內部已被燒光的語感。

The restaurant completely burned out.
那家餐廳被完全燒毀了。

☐ be rained out

動 因雨取消

The baseball game was rained out.
野棒球比賽因為下雨被取消了。

☐ pass out (~)

動 失去意識；分發～

She nearly passed out when she heard the news.
她聽到這個消息時，差點昏倒。

☐ fade out

動 逐漸消失；淡出

The custom faded out in the 1950s.
這種習俗在五〇年代逐漸消失了。

☐ fill out ~

動 填寫（表格）

Could you fill out this form?
可以請您填寫這份表格嗎？

☐ wear out (~)

動 磨損～；使～筋疲力盡；耗盡

My shoes are beginning to wear out.
私我的鞋子開始磨損了。

28 away

① 分離・遠離

Step1　透過圖解來記憶！

逐漸遠離。

表「逐漸」「遠離」的「away」

在運動比賽中,「客場比賽（an away game）」指的是在遠離主場的敵地進行的比賽。這說明「away」作為副詞的核心意象是「遠離」、「漸行漸遠」。就語源來說,「away」指的是從所在地慢慢移動出去的狀態,強調逐漸遠離。在這點上,就表達「一口氣分離」的「off」有所差異。

「away」不只用於空間,也適用於時間上的遠離。短暫的外出用「out」,較長時間的旅行或出差則用「away」。

Step2　透過插圖與例句進一步掌握！

1 「遠離」我

The duck swam away when I got near.
當我靠近時，那隻鴨子就游走了。

2 「（慢慢）遠離」雪人的狀態

The snowman is melting away.
雪人正在慢慢融化。

3 時間「（在未來）遠離」

Christmas is only a week away.
再一個星期就到聖誕節了。

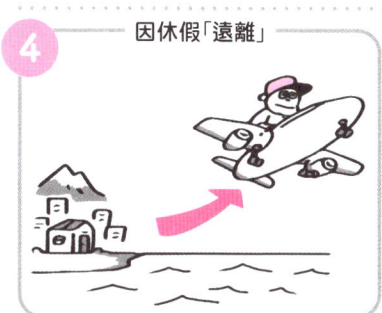

4 因休假「遠離」

I'll be away on vacation for a few weeks.
我要去度假，會有幾星期不在家。

Step3　使用到away的片語

☐ throw away ~

動 丟棄～；錯失～

I **threw away** my chance to meet him.
我錯失了見他的機會。

☐ go away

動 離開，外出

I want to **go away** for the weekend.
週末我想出去旅行。

☐ run away（with~）

動 逃跑；輕鬆贏得～；與～私奔

The Lions **ran away with** the championship.
獅子隊輕鬆奪冠。

☐ put away ~

動 收拾～

Put your clothes **away** in the wardrobe.
把你的衣服收進衣櫥裡。

☐ do away with ~

動 廢除～

They decided to **do away with** their school uniforms.
他們決定廢除學校制服。

☐ stay away from ~

動 遠離～，不接近～；缺席～

I **stayed away from** school yesterday.
我昨天沒有去學校。

☐ keep away from ~

動 遠離～；缺席～

Children should keep away from this pond.
小孩應該遠離這個池塘。

☐ fade away

動 逐漸消失

The sounds faded away.
聲音逐漸消失了。

☐ give away ~

動 免費贈送～；洩漏（秘密）

Don't give away the secret.
不要洩露這個秘密。

☐ pass away

「die（死亡）」的委婉表達。

動 去世

My grandfather eventually passed away.
我的祖父最終去世了。

☐ die away

動 逐漸減弱

His anger died away.
他的怒氣逐漸消退了。

☐ right away

副 立刻

Call the client right away.
馬上打電話給客戶。

㉙ across

① 橫越・越過

Step1　透過圖解來記憶！

像在道路上畫十字一樣橫越過去。

「越過」平面事物的「across」

「across」的語源是「像十字架（cross）一樣」，其核心意象是「橫越」、「越過」平面的事物。例如，「a bank across the street（位於馬路對面的銀行）」或「walk across the street（步行穿過馬路）」，可用於表示靜態，也可用於表示動態。

要描述「游過河流」時，由於是沿著河面游動，因此使用「swim across the river」，而不能說成「swim over the river」。

「across + 平面上的特定區域」，例如「across Japan（遍及全日本）」，則表示某個事物覆蓋整個區域（日本全國）。

296

Step2 透過插圖與例句進一步掌握！

1 「越過」書本（與書本交會）

How did you come across such a rare book?
你是怎麼找到這麼珍貴的書的？

2 「越過」她（與她交會）

I ran across her on the street this morning.
今天早上我在街上偶然遇見了她。

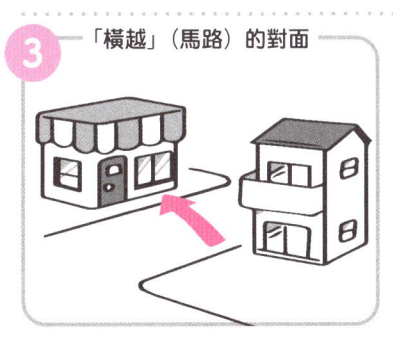

3 「橫越」（馬路）的對面

The shop is just across from my house.
那家店就在我家正對面。

4 「越過（遍及整個）」澳洲

I traveled across Australia.
我遊歷了整個澳洲。

30 along

① 沿著・平行

Step1　透過圖解來記憶！

「沿著」河流
一起「平行」移動。

表與細長物體「平行運動」的「along」

「along」的核心意象是「沿著」細長的事物縱向移動，例如「道路（road）」、「街道（street）」、「河流（river）」。不管是「walk along the river（沿著河邊散步）」，還是「sail along the river（沿著河流航行）」，都帶有與某物平行前進的意象。當行走的人或航行的船隻沿著河流移動時，總是與河流的景色一起出現，因此「along」也延伸出「一起」的含義。

「along」的基本概念是與細長物體平行運動，但也可用於表示沿著道路或河流排列成行的物體，或存在於特定一點的物體。

along ①

Step2 透過插圖與例句進一步掌握！

1 「沿著」道路

The next bus will be along in a minute.

下一班公車馬上就要來了。

2 「沿著」道路

Go along this street and you'll find the bank on your right.

沿著這條街走，銀行會在你的右手邊。

3 「沿著」街道

There are many restaurants along this street.

這條街上有很多餐廳。

4 「沿著」街道

The antique shop is somewhere along this street.

在這條街上某處，有一家古董店。

這裡的語感，是表達店鋪在「街道沿線」的某個地方。

Step3　使用到along的片語

☐ bring ~ along

動 帶～來

Bring your daughter **along** next time.
下次帶你的女兒一起來吧。

☐ take ~ along

動 帶～去

Take me **along** with you.
一帶上我一起去吧。

☐ all along

副 一直，從一開始

I knew it **all along**.
我從一開始就知道了。

☐ along with ~

介 與～一起（= together with ~）

Add milk to the flour, **along with** butter.
將牛奶和奶油一起加入麵粉中。

☐ come along

動 一起來

I'm going to Mike's. Do you want to **come along**?
我要去找麥克，你要一起來嗎？

☐ go along

動 （事情）進展；邊走邊做

Let's talk as we **go along**.
我們邊走邊聊吧。

go along with ~

動 同意～；與～同行

I can't **go along with** your suggestion.
我無法同意你的建議。

get along

動 生活過得去；進展順利

How are you **getting along**?
你過得如何？

get along with ~

動 ～進展順利；與～相處融洽

Are you **getting along with** Lucy?
你和露西相處得好嗎？

move along

動 繼續前進，不停留

Move along, please.
請繼續向前走。

sing along

動 跟著（音樂或他人）唱

She is **singing along** to the radio.
她正跟著收音機唱歌。

along the way

副 途中，在路上

I lost my umbrella somewhere **along the way**.
我在途中某個地方弄丟了雨傘。

31 through

① 通過・結束・手段

Step1　透過圖解來記憶！

通過一個立體空間。

也有「結束」、「手段」含義的「through」

「through」的核心意象是列車進入隧道再穿出來的整個過程，即「通過」或「貫穿」立體空間。這個概念也可以應用到時間，例如「the whole night through（整個夜晚）」。此外，當強調已經通過某個過程時，「through」也可以表示動作或狀態已經「結束」。除了立體空間，它也適用於通過平面，例如「walk through the park（穿越公園散步）」。特別是用於平面時，還可引申出「毫無遺漏、徹底」的意思。而在「through the telescope（透過望遠鏡觀看）」這樣的用法中，則用來表示「手段」。

Step2　透過插圖與例句進一步掌握！

1 「通過」倫敦

The river flows through London.

那條河流貫穿倫敦。

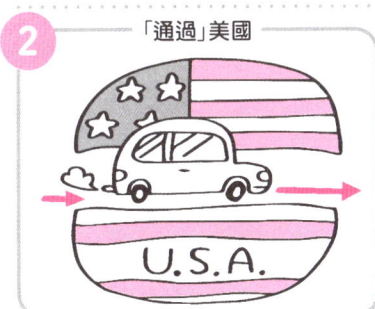

2 「通過」美國

I'm traveling through America.

我正在遊歷整個美國。

3 讀「完」書

Are you through with the book?

你讀完那本書了嗎？

「be through with ～」表示「完成～」。

4 以努力為「手段」

You can only succeed through hard work.

只有努力工作才能成功。

Step3　使用到through的片語

☐ go through ~

動 穿越~；經歷~；徹底搜尋~

She went through many hardships.
她經歷了許多困難。

> 如果是「go through with~」則表示「設法完成」計劃或任務。

☐ go through to ~

動 直達~

This train goes through to New York.
這班列車直達紐約，無須換乘。

☐ get through ~

動 穿越~；通過（考試）、完成~

I have a lot of homework to get through.
我有很多作業要完成。

☐ put A through to B

動 把 A 轉接給 B

Could you put me through to extension 10?
請幫我轉接到內線 10。

☐ come through (~)

動 通過；克服

I'm coming through.
我要過去，請借過。

> 「請借過」可用「let ~ through（讓~通過）」，說成「Let me through, please.」。

☐ see through ~

動 堅持到底；識破~

No one could see through my disguise.
沒有人識破我的偽裝。

卷末附錄
必學必記重要片語

此處從本書介紹的內容中，精選出在會話和考試中經常出現的片語。
以下按照字母順序排列，請作為索引善加利用。

＊A

- □ a bit of ~　少量的～ ……………………142
- □ a bunch of ~　一束的～ ………………141
- □ a couple of ~　兩三個～ ………………142
- □ a great deal of ~　大量的～ …………142
- □ a large number of ~　許多的～ ………143
- □ a piece of cake　輕而易舉 ……………141
- □ a variety of ~　各式各樣的～ …………142
- □ above all　特別是，最重要的是 ………255
- □ according to ~　根據～ …………………101
- □ account for ~　解釋～ …………………117
- □ accustom A to B　使 A 習慣於 B ………098
- □ across from ~　在～的正對面 …………297
- □ act for ~　擔任～的代理 ………………124
- □ adapt (A) to B　使（A）適應 B …………098
- □ add A to B　將 A 加入 B …………………098
- □ add up to ~　（總計）達到～ …………243
- □ adhere to ~　黏附於～，堅持～ ………099
- □ adjust (A) to B　（將 A）調整為 B ……098
- □ agree to ~　同意～ ………………………099
- □ agree with ~　贊同～，與～一致 ………166
- □ aim A at B　將 A 瞄準 B …………………062
- □ all along　一直，從一開始 ……………300
- □ all over ~　遍及～ ………………………247

- □ all year around　一整年 ………………211
- □ along the way　途中 ……………………301
- □ along with ~　與～一起 ………………300
- □ among other things　除了別的事情 …277
- □ amount to ~　達到～，等於～ …………087
- □ apart from ~　與～分離 ………………135
- □ apologize to ~　向～道歉 ………………088
- □ appeal to ~　向～訴請 …………………087
- □ apply for ~　申請～；應徵～ …………112
- □ apply to ~　適用於～ …………………098
- □ around the corner　在轉角處 …………210
- □ arrive at ~　到達（小地點） …………046
- □ arrive in ~　到達（大城市，國家）……023
- □ as for ~　至於～，關於～ ……………125
- □ aside from ~　除了～之外 ……………135
- □ ask ~ out　邀請～出去 …………………284
- □ ask (A) for B　向（A）要求 B …………112
- □ associate A with B　聯想 A 與 B ………167
- □ at (the) least　至少 ……………………059
- □ at (the) most　最多 ……………………059
- □ at a distance　稍微遠離 ………………047
- □ at a glance　一眼就～ …………………063
- □ at a loss　茫然不知所措 ………………054
- □ at a speed of ~　以～的速度 …………057
- □ at a time　一次，一回 …………………051

□ at all times　總是，始終⋯⋯⋯⋯⋯⋯050
□ at anchor　下錨，停泊中⋯⋯⋯⋯⋯055
□ at any moment　隨時，即將⋯⋯⋯⋯051
□ at any rate　無論如何⋯⋯⋯⋯⋯⋯058
□ at any risk　不惜任何風險⋯⋯⋯⋯058
□ at any time　隨時，任何時候⋯⋯⋯050
□ at best　充其量，最多⋯⋯⋯⋯⋯⋯059
□ at dinner　在吃晚餐時⋯⋯⋯⋯⋯⋯053
□ at ease　放鬆，自在⋯⋯⋯⋯⋯⋯⋯055
□ at first　起初⋯⋯⋯⋯⋯⋯⋯⋯⋯⋯050
□ at first sight　初見，一見⋯⋯⋯⋯063
□ at hand　在手邊，在附近⋯⋯⋯⋯⋯047
□ at heart　本質上，內心深處⋯⋯⋯⋯047
□ at home　在家⋯⋯⋯⋯⋯⋯⋯⋯⋯⋯053
□ at last　最終，終於⋯⋯⋯⋯⋯⋯⋯050
□ at length　詳盡地，最終⋯⋯⋯⋯⋯050
□ at once　立刻；同時⋯⋯⋯⋯⋯⋯⋯051
□ at one's best　處於最佳狀態⋯⋯⋯059
□ at one's wits' end　束手無策⋯⋯⋯054
□ at one's worst　處於最糟糕的狀態⋯059
□ at peace　安詳地，和平地⋯⋯⋯⋯054
□ at present　當前，目前⋯⋯⋯⋯⋯⋯051
□ at school　在學校⋯⋯⋯⋯⋯⋯⋯⋯053
□ at the back of~　在~的後方⋯⋯⋯047
□ at the bottom of~　在~的底部⋯⋯047
□ at the cost of~　以~為代價⋯⋯⋯058
□ at the foot of~　在~的腳下⋯⋯⋯046
□ at the maximum~　在最大（限）~⋯058
□ at the mercy of~　任憑~擺布⋯⋯⋯054
□ at the minimum~　在最小（限）~⋯058
□ at the moment　此刻，現在⋯⋯⋯⋯051
□ at the same time　同時⋯⋯⋯⋯⋯⋯051
□ at the sight of~　一看到~⋯⋯⋯⋯063

□ at the thought of~　一想到~⋯⋯⋯063
□ at the top of~　在~的頂端⋯⋯⋯⋯047
□ at the top of one's voice　盡全力地喊⋯059
□ at the top of the list　作為最優先事項⋯058
□ at times　有時候，偶爾⋯⋯⋯⋯⋯⋯050
□ at work　工作中⋯⋯⋯⋯⋯⋯⋯⋯⋯054
□ attach A to B　將A附加到B⋯⋯⋯⋯098
□ attribute A to B　將A歸因於B⋯⋯⋯100

✽ B

□ be about to~　即將~，馬上要~⋯203
□ be above ~ing　不是會做~的人⋯⋯255
□ be acquainted with~　與~熟識，認識 168
□ be afraid of~　害怕~⋯⋯⋯⋯⋯⋯147
□ be amazed at~　對~感到驚訝⋯⋯⋯063
□ be angry with (人)　對（某人）生氣⋯177
□ be anxious about~　為~感到擔憂⋯205
□ be anxious for~　擔憂~⋯⋯⋯⋯⋯113
□ be apt to~　容易~，有~的傾向⋯⋯091
□ be ashamed of~　對~感到羞恥⋯⋯147
□ be aware of~　意識到~⋯⋯⋯⋯⋯148
□ be based on~　以~為基礎⋯⋯⋯⋯071
□ be busy with~　忙於~⋯⋯⋯⋯⋯⋯172
□ be capable of~　能夠~，有能力做~⋯147
□ be caught in~　被~困住⋯⋯⋯⋯⋯023
□ be characteristic of~　~特有的⋯⋯149
□ be composed of~　由~組成⋯⋯⋯⋯142
□ be concerned about~　擔憂~，關心~
⋯⋯⋯⋯⋯⋯⋯⋯⋯⋯⋯⋯⋯⋯⋯⋯⋯205
□ be conscious of~　意識到~，察覺到~
⋯⋯⋯⋯⋯⋯⋯⋯⋯⋯⋯⋯⋯⋯⋯⋯⋯148
□ be contrary to~　與~相反⋯⋯⋯⋯095

306

☐ be covered with ~　被～覆蓋⋯⋯⋯⋯⋯172	☐ be inferior to ~　比～差勁⋯⋯⋯⋯⋯094
☐ be crazy about ~　對～著迷⋯⋯⋯⋯⋯205	☐ be intent on ~　專注於～⋯⋯⋯⋯⋯⋯083
☐ be crowded with ~　擠滿⋯⋯⋯⋯⋯⋯172	☐ be involved in ~　參與～，捲入～⋯037
☐ be cut out for ~　適合做～⋯⋯⋯⋯⋯285	☐ be jealous of ~　嫉妒～，羨慕～⋯148
☐ be different from ~　與～不同⋯⋯⋯137	☐ be junior to ~　比～地位低⋯⋯⋯⋯094
☐ be distinct from ~　與～截然不同⋯137	☐ be keen on ~　熱衷於～⋯⋯⋯⋯⋯⋯083
☐ be dressed in ~　穿著～的衣服⋯⋯⋯021	☐ be kind to ~　對～友善⋯⋯⋯⋯⋯⋯090
☐ be due to ~　預計⋯⋯⋯⋯⋯⋯⋯⋯091	☐ be known for ~　以～聞名⋯⋯⋯⋯⋯119
☐ be dying for ~　非常渴望～⋯⋯⋯⋯111	☐ be lacking in ~　缺乏～⋯⋯⋯⋯⋯031
☐ be eager for ~　渴望～⋯⋯⋯⋯⋯⋯113	☐ be likely to ~　有可能～⋯⋯⋯⋯⋯091
☐ be empty of ~　沒有～，缺乏～⋯⋯152	☐ be made from ~　由～製成（化學變化）
☐ be engaged in ~　從事～，參與～⋯037	⋯⋯⋯⋯⋯⋯⋯⋯⋯⋯⋯⋯⋯⋯⋯⋯127
☐ be equal to ~　與～相等，能勝任～⋯095	☐ be made into ~　被製成～⋯⋯⋯⋯217
☐ be essential to ~　對～而言是不可或缺的	☐ be made of ~　由～製成（物理變化）⋯141
⋯⋯⋯⋯⋯⋯⋯⋯⋯⋯⋯⋯⋯⋯⋯⋯090	☐ be moved to tears　感動得流淚⋯⋯104
☐ be faced with ~　面對～⋯⋯⋯⋯⋯179	☐ be open to ~　對～開放⋯⋯⋯⋯⋯089
☐ be familiar to ~　為～所熟悉的⋯⋯090	☐ be opposed to ~　反對～⋯⋯⋯⋯⋯095
☐ be familiar with ~　熟悉～⋯⋯⋯⋯168	☐ be particular about ~　對～很講究⋯205
☐ be famous for ~　以～而聞名⋯⋯⋯119	☐ be pleased with ~　對～感到滿意⋯172
☐ be fed up with ~　厭倦，受夠了⋯239	☐ be poor at ~　不擅長～⋯⋯⋯⋯⋯057
☐ be filled with ~　充滿⋯⋯⋯⋯⋯⋯173	☐ be popular among ~　在～之間很受歡迎
☐ be fit for ~　適合～⋯⋯⋯⋯⋯⋯⋯109	⋯⋯⋯⋯⋯⋯⋯⋯⋯⋯⋯⋯⋯⋯⋯⋯277
☐ be fond of ~　喜歡～⋯⋯⋯⋯⋯⋯147	☐ be present at ~　出席～，參加～⋯046
☐ be free of ~　沒有～（指擔憂，負擔等）	☐ be proud of ~　以～為榮⋯⋯⋯⋯⋯147
⋯⋯⋯⋯⋯⋯⋯⋯⋯⋯⋯⋯⋯⋯⋯⋯152	☐ be rained off　因下雨而取消⋯⋯⋯161
☐ be free to ~　自由～⋯⋯⋯⋯⋯⋯⋯091	☐ be rained out　因下雨而中斷或取消⋯291
☐ be good for ~　對～有用⋯⋯⋯⋯⋯109	☐ be ready for ~　準備好～⋯⋯⋯⋯⋯109
☐ be grateful to ~　對～心懷感激⋯⋯089	☐ be rich in ~　富含～⋯⋯⋯⋯⋯⋯⋯029
☐ be guilty of ~　犯有～罪⋯⋯⋯⋯⋯149	☐ be satisfied with ~　對～感到滿意⋯172
☐ be happy with ~　為～感到高興⋯⋯172	☐ be senior to ~　比～地位高⋯⋯⋯⋯094
☐ be ignorant of ~　不知道⋯⋯⋯⋯⋯149	☐ be sensitive to ~　對～敏感⋯⋯⋯⋯090
☐ be independent of ~　從～獨立⋯⋯152	☐ be sentenced to ~　被判～的刑罰⋯104
☐ be indifferent to ~　對～漠不關心⋯090	☐ be sick and tired of ~　厭倦～⋯⋯148

□ be similar to ~　與～相似 …………101	□ bound for ~　開往～，前往～ ……108
□ be slow at ~　做～很慢 …………057	□ break down　故障 …………………267
□ be smashed to pieces　被砂得粉碎 …… 104	□ break in　闖入，打斷 ……………042
□ be strict with ~　對～嚴格 …………178	□ break into ~　闖入～ ………………215
□ be subject to ~　容易受～影響 ……090	□ break off (~)　折斷～，中斷～ ……157
□ be superior to ~　比～優秀 …………094	□ break out　（戰爭、火災等）爆發 …283
□ be sure of ~　確信～ ………………148	□ break up (~)　結束～ ………………238
□ be sure to ~　務必～ ………………091	□ break up with ~　與～分手 …………238
□ be through with ~　完成～，結束～ …303	□ bring ~ along　帶～來 ……………300
□ be tired from ~　因～而疲憊 ………133	□ bring about ~　導致～，引起～ ……204
□ be true of ~　適用於～ ……………149	□ bring out ~　推出～，出版～ ………282
□ be typical of ~　～典型的 …………147	□ bring up ~　撫養～，提出～ ………234
□ be willing to ~　願意～，樂意～ …091	□ brush up (on) ~　重新學習～ ………235
□ be worthy of ~　值得～ ……………148	□ build up ~　建立～，增強～ ………234
□ behind schedule　比預定計劃落後 ……275	□ bump into ~　偶然遇見～，撞上～ …215
□ behind the times　落伍，過時 ………275	□ burn down (~)　燒毀，全燒光 ……267
□ believe in ~　相信～的價值或存在 …031	□ burn out (~)　燒盡，筋疲力盡 ……291
□ belong to ~　屬於～ …………………099	□ burst into tears　突然哭出來 ………218
□ below the belt　不公平的，卑鄙的 …257	□ by a hair's breadth　些微差距地 ……196
□ better off　生活富裕，處境更好 …159	□ by a mile　相差甚遠，大勝 ………193
□ between you and me　這是我們之間的秘密 ……………………………………279	□ by accident　不小心，偶然地 ………199
□ beware of ~　注意～，小心～ ……149	□ by air　搭飛機，經空運 ……………189
□ beyond description　難以形容，無法用言語表達 ………………………………253	□ by all means　務必，一定要 ………188
□ beyond recognition　無法辨認 ………253	□ by birth　出生，原籍 ………………197
□ beyond the reach of ~　超出～的範圍，…………………………………………253	□ by degrees　逐漸地，慢慢地 ………196
□ blow off (~)　吹走～，吹飛～ ……157	□ by far　顯然地，最為～ ……………193
□ blow out (~)　吹熄～ ………………290	□ by force　強行，用武力 ……………189
□ blow up (~)　爆炸，炸毀 …………238	□ by hand　手工製作 …………………188
□ boast about ~　吹噓～，炫耀～ ……205	□ by heart　熟記，背誦 ………………188
□ borrow A from B　向 B 借 A ………130	□ by inches　一點點，逐步地 ………197
	□ by land　經陸路，走陸路 …………189
	□ by means of ~　藉由～ ……………188
	□ by mistake　錯誤地，誤解 …………199

- □ by name　憑名字⋯⋯⋯⋯⋯⋯⋯⋯⋯197
- □ by nature　天性，生來⋯⋯⋯⋯⋯197
- □ by no means　絕不是～⋯⋯⋯⋯188
- □ by now　到現在為止，現在應該～了⋯185
- □ by oneself　獨自，一個人⋯⋯⋯⋯188
- □ by phone　透過電話⋯⋯⋯⋯⋯⋯187
- □ by profession　以～為職業（專業）⋯⋯195
- □ by sea　經海路，透過航海⋯⋯⋯⋯189
- □ by sight　憑面孔⋯⋯⋯⋯⋯⋯⋯197
- □ by taxi　搭計程車⋯⋯⋯⋯⋯⋯⋯187
- □ by the day　一天比一天，日漸變化⋯197
- □ by the skin of one's teeth　勉強，僅僅⋯196
- □ by the time SV ~　在～之前，到～的時候⋯⋯⋯⋯⋯⋯⋯⋯⋯⋯⋯⋯⋯⋯⋯⋯185
- □ by the way　順帶一提⋯⋯⋯⋯⋯182
- □ by trade　職業是（技術工作）⋯⋯195
- □ by virtue of ~　由於～，憑藉～⋯⋯189
- □ by way of ~　經由～，透過～⋯⋯⋯199

＊C

- □ call at ~　拜訪（某地）⋯⋯⋯⋯⋯046
- □ call for ~　（公開）要求～，呼籲～⋯112
- □ call off ~　取消～，中止～⋯⋯⋯⋯160
- □ calm down (~)　冷靜下來，使～平靜⋯266
- □ care for ~　喜愛～，照顧～⋯⋯⋯113
- □ carry on (~)　繼續（某事）⋯⋯⋯077
- □ carry out ~　執行～，實施～⋯⋯⋯287
- □ carry over ~　延續～，推遲～⋯⋯247
- □ catch on (~)　流行，受歡迎⋯⋯⋯066
- □ catch up with ~　追上～，趕上～⋯243
- □ change into ~　換成～，變成～⋯⋯218
- □ check out (~)　辦理退房，檢查～⋯285

- □ cheer up (~)　振奮起來，鼓舞～⋯⋯234
- □ clean out ~　徹底清理～，清空～⋯289
- □ clean up ~　打掃～，清理～⋯⋯⋯239
- □ clear A of B　從 A 中清除 B⋯⋯⋯151
- □ clear up ~　放晴⋯⋯⋯⋯⋯⋯⋯239
- □ cling to ~　緊緊抓住～，堅持～⋯⋯099
- □ clutch at ~　試圖抓住～，緊握～⋯⋯062
- □ coincide with ~　與～同時發生，與～一致⋯⋯⋯⋯⋯⋯⋯⋯⋯⋯⋯⋯⋯⋯⋯⋯168
- □ collaborate with ~　與～合作⋯⋯167
- □ combine A with B　將 A 與 B 結合⋯166
- □ come about　發生，出現⋯⋯⋯⋯204
- □ come across ~　偶然發現～，遇見～⋯297
- □ come along　一起來⋯⋯⋯⋯⋯⋯300
- □ come by ~　得到～，獲得～⋯⋯⋯182
- □ come down　下降，落下⋯⋯⋯⋯262
- □ come down with ~　罹患（疾病）⋯267
- □ come into being　誕生，出現⋯⋯⋯219
- □ come into effect　生效，實施⋯⋯⋯218
- □ come into one's mind　突然想到～⋯214
- □ come off (~)　從～脫落⋯⋯⋯⋯⋯156
- □ come out　出現，發行⋯⋯⋯⋯⋯282
- □ come through (~)　通過，克服⋯⋯304
- □ come to an end　結束，終結⋯⋯⋯105
- □ come to one's aid　幫助～⋯⋯⋯⋯089
- □ come up to ~　走近～，達到～⋯⋯242
- □ come up with ~　想出～，提出～⋯243
- □ communicate with ~　與～溝通⋯⋯169
- □ compare A to B　把 A 比作 B⋯⋯⋯095
- □ compare A with B　比較 A 和 B⋯⋯179
- □ compensate for ~　補償～，彌補～⋯117
- □ compete with ~　與～競爭⋯⋯⋯⋯178
- □ complain about ~　抱怨～⋯⋯⋯⋯205

309

□ comply with ~　遵守～，服從～	167
□ concentrate on ~　專注於～	083
□ conform to ~　遵從～，符合～	100
□ congratulate A on B　祝賀 A 的 B	082
□ consist in ~　在於～，本質上是～	023
□ consist of ~　由～組成	142
□ contribute to ~　為～作出貢獻	100
□ convince A of B　說服 A 相信 B	149
□ cool down (~)　冷靜下來，冷卻	266
□ cooperate with ~　與～共同合作	166
□ correspond to ~　與～一致，符合	099
□ correspond with ~　與～相符	167
□ count ~ in　把～算進去	043
□ count ~ out　不包括～，排除～	285
□ count on ~　依靠～，指望～	071
□ count up to ~　數到～	231
□ cross out ~　刪除～（打叉劃掉）	290
□ cry for ~　因為想要～而哭	111
□ cry over ~　而難過，悲傷	250
□ cure A of B　治癒 A 的 B	151
□ cut down ~　砍倒～	262
□ cut down on ~　減少～	266
□ cut in (~)　（在～中）插隊	042
□ cut off (~)　切斷～，隔絕	157

＊D

□ deal with ~　處理～，應對～	179
□ decide on ~　決定～	083
□ depend on ~　依賴～，取決於～	070
□ derive from ~　源自～，起源於～	130
□ devote A to B　將 A 奉獻給 B	100
□ die away　（聲音，風等）逐漸減弱	295

□ die down　（火，風等）減弱，小聲	266
□ die from ~　因～而死	133
□ die out　滅絕	290
□ discourage A from ~ing　阻止 A 做～	136
□ dispose of ~　處理～，丟棄～	152
□ distinguish A from B　區分 A 與 B	137
□ divide A into B　將 A 分成 B	219
□ do away with ~　廢除～，取消～	294
□ do with ~　處理～	178
□ doze off　打瞌睡，打盹	160
□ dozens of ~　幾十個～	143
□ drink to ~　為～乾杯	089
□ drink up ~　喝光～	237
□ drop by (~)　順道拜訪	182
□ drop in　順道拜訪	041
□ drop in at ~　順便去～	046
□ drop off (~)　掉落，減少	156
□ drop out　輟學，退出	285

＊E

□ eat between meals　吃零食，吃點心	279
□ eat out　外出用餐	284
□ eat up (~)　吃光～	239
□ end up (~)　以～告終	238
□ enter into ~　進入（談判，討論等）	215
□ equip A with B　使 A 配備 B	173
□ exchange A for B　用 A 交換 B	116
□ expose A to B　使 A 暴露於 B	087

＊F

□ face to face　面對面地	095

- □ fade away　逐漸消失⋯⋯⋯⋯⋯295
- □ fade out　逐漸消失，淡出⋯⋯⋯291
- □ fall back on ~　（最終）依靠～⋯071
- □ fall down (~)　跌倒，倒塌⋯⋯⋯262
- □ fall into ~　分成～，陷入～⋯⋯218
- □ fall off ~　從～掉下⋯⋯⋯⋯⋯155
- □ fall on ~　（節日等）落在～日⋯082
- □ fall out　掉出來，脫落⋯⋯⋯⋯285
- □ far from ~　完全談不上～⋯⋯⋯135
- □ feed on ~　以～為食⋯⋯⋯⋯⋯071
- □ figure out ~　理解～，算出～⋯287
- □ fill out ~　填寫～（表格等）⋯291
- □ find fault with ~　責難～⋯⋯⋯179
- □ find out (~)　發現～，查明～⋯286
- □ finish off ~　一口氣完成～⋯⋯159
- □ finish up ~　完成全部的～⋯⋯⋯237
- □ focus A on B　將 A 聚焦於 B⋯⋯083
- □ for a long time　很長一段時間⋯121
- □ for a while　一段時間，暫時⋯⋯121
- □ for ages　很多年，長時間⋯⋯⋯121
- □ for all ~　儘管～，雖然～⋯⋯⋯25
- □ for example　例如⋯⋯⋯⋯⋯⋯125
- □ for nothing　免費⋯⋯⋯⋯⋯⋯116
- □ for now　目前，暫時⋯⋯⋯⋯⋯124
- □ for one thing　一方面⋯⋯⋯⋯125
- □ for one's age　以某人的年齡來說⋯124
- □ for one's part　就某人而言⋯⋯125
- □ for the most part　大部分情況下⋯125
- □ for the time being　暫時，目前⋯121
- □ for want of ~　因缺乏～⋯⋯⋯119
- □ for years　很多年，長時間⋯⋯121
- □ from beginning to end　從頭到尾⋯131
- □ from day to day　每天，日復一日⋯131
- □ from now on　從現在開始⋯⋯⋯131
- □ from time to time　偶爾⋯⋯⋯131
- □ furnish A with B　為 A 配備 B⋯173

✻ G

- □ get along　進展順利⋯⋯⋯⋯⋯301
- □ get along with ~　與～相處融洽⋯301
- □ get angry at ~　對～生氣⋯⋯⋯063
- □ get around (~)　巧妙地避開～⋯210
- □ get at ~　暗示～，指～⋯⋯⋯⋯062
- □ get down (~)　下來，使～失望⋯263
- □ get down to ~　開始著手～⋯⋯266
- □ get in a taxi　上計程車⋯⋯⋯⋯041
- □ get in touch with ~　與～聯繫⋯169
- □ get into ~　進入～⋯⋯⋯⋯⋯214
- □ get into trouble　陷入困境，遇上麻煩⋯215
- □ get married to ~　與～結婚⋯⋯100
- □ get off (~)　從～下來⋯⋯⋯⋯156
- □ get on ~　上（車，船，飛機等）⋯066
- □ get out (~)　出去，取出⋯⋯⋯282
- □ get out of ~　從～出來，擺脫～⋯224
- □ get out of hand　失控⋯⋯⋯⋯227
- □ get over ~　克服～，戰勝～⋯⋯246
- □ get rid of ~　擺脫～，清除～⋯152
- □ get soaked to the skin　全身濕透⋯104
- □ get through ~　完成～，通過～⋯304
- □ get to ~　到達～⋯⋯⋯⋯⋯⋯086
- □ get up　起床⋯⋯⋯⋯⋯⋯⋯⋯232
- □ give away ~　分發～，贈送～⋯295
- □ give in (~)　投降⋯⋯⋯⋯⋯⋯043
- □ give off ~　散發（氣味，光，熱等）⋯157
- □ give out (~)　分發～，發出（光，聲音等）

311

……………………………………283
- □ give over (~)　移交~……………246
- □ give up (~)　放棄~………………234
- □ glance at ~　瞥一眼~，快速看一下~……061
- □ go about (~)　著手處理~………204
- □ go ahead with ~　繼續進行~……168
- □ go along　（事情）進展…………300
- □ go along with ~　同意~…………301
- □ go around (~)　擴散，分送………210
- □ go away　離開……………………294
- □ go by (~)　（從旁）經過…………182
- □ go down　下降，下沉……………262
- □ go from bad to worse　每況愈下……131
- □ go into ~　調查~，進入~………214
- □ go into detail　詳細說明~………214
- □ go off　（警報，鬧鐘）響起……163
- □ go on　繼續，發生………………077
- □ go on a picnic　去野餐…………077
- □ go out　（火、燈等）熄滅………282
- □ go out with ~　和~交往…………283
- □ go over ~　仔細檢查~……………250
- □ go through ~　經歷~，經過~……304
- □ go through to ~　直達~…………304
- □ go to work　去上班………………089
- □ go up　上升，增加………………231
- □ go with ~　與~搭配………………166
- □ graduate from ~　畢業於~………130
- □ grow into ~　成長為~，逐漸變成~……217
- □ grow up　成長，長大……………234

*H

- □ hand down ~　將~傳承下來………263
- □ hand in ~　提交~，交出~………043
- □ hand in hand with ~　與~手牽手……169
- □ hand out ~　分發~…………………283
- □ hand over ~　交出~………………246
- □ hang out (~)　晾曬~………………282
- □ have ~ on　穿著~，戴著~………066
- □ have a look at ~　看一下~………061
- □ have a quarrel with ~　與~爭吵……177
- □ have an influence on ~　對~有影響……082
- □ have trouble with ~　在~方面有困難……177
- □ head for ~　朝~方向前進………108
- □ hear ~ out　聽完~，仔細聽某人說話……289
- □ hear from ~　收到~的消息，聯絡……130
- □ hear of ~　聽說~，得知~………146
- □ heat up ~　加熱~，使~變熱……231
- □ help A with B　幫助A做B………178
- □ help oneself to ~　隨意取用~（食物，飲料）……………………………………088
- □ help out (~)　幫助~，協助~……285
- □ hold on　稍等一下，別掛電話……077
- □ hold out (~)　伸出~，遞出~……286
- □ hold up ~　延遲~，耽擱~………233
- □ hope for ~　希望~，期望~………111
- □ hundreds of ~　數百個~，許多~……143
- □ hundreds of thousands of ~　數十萬個~……………………………………143
- □ hurry up　快點……………………235

*I

- □ impose A on B　把A強加於B……082
- □ in a group　成群結隊，團體行動……033
- □ in a hurry　匆忙，急著……………035

☐ in a line 排成一列，一排 ･･････021	☐ in one's place 處於某人的立場･･････022
☐ in a loud voice 大聲地 ･･････039	☐ in one's way 妨礙某人 ･･････022
☐ in a sense 在某種意義上 ･･････030	☐ in one's opinion 依某人之見 ･･････029
☐ in a word 簡言之 ･･････031	☐ in order 按順序 ･･････037
☐ in accordance with~ 依照～，按照～ 169	☐ in other words 換句話說 ･･････031
☐ in addition 此外，而且 ･･････034	☐ in part 部分地，在某種程度上 ･･････030
☐ in advance 事先，提前 ･･････026	☐ in particular 特別是，尤其是 ･･････037
☐ in all 總共，合計 ･･････030	☐ in person 親自，當面 ･･････037
☐ in all directions 四面八方地 ･･････022	☐ in practice 實際上 ･･････030
☐ in all likelihood 十之八九 ･･････036	☐ in private 私下，非公開地 ･･････022
☐ in any case 無論如何，總之 ･･････034	☐ in progress 進行中 ･･････036
☐ in brief 簡而言之 ･･････035	☐ in public 公開地，當眾 ･･････023
☐ in case 以防萬一 ･･････037	☐ in reality 實際上（與預期不同）･･････030
☐ in common 有共同點 ･･････034	☐ in return for~ 作為～的回報 ･･････117
☐ in danger of~ 有～的危險 ･･････035	☐ in the air 懸而未決 ･･････036
☐ in debt 負債，欠債 ･･････033	☐ in the beginning 一開始，起初 ･･････027
☐ in demand 有需求 ･･････035	☐ in the distance 在遠處 ･･････022
☐ in detail 詳細地，詳盡地 ･･････039	☐ in the end 最終，最後 ･･････026
☐ in due course 最終，遲早 ･･････026	☐ in the first place 首先，最重要的 ･･････027
☐ in earnest 認真地，正式地 ･･････034	☐ in the future 未來，將來 ･･････026
☐ in exchange for~ 作為～的交換 ･･････117	☐ in the long run 長遠來看 ･･････027
☐ in fact 事實上，其實 ･･････030	☐ in the meantime 在此期間 ･･････027
☐ in fashion 流行 ･･････036	☐ in the middle of~ 在～的中間 ･･････027
☐ in front of~ 在～前面 ･･････022	☐ in the mood for~ 有～的心情 ･･････035
☐ in full bloom 盛開 ･･････033	☐ in the presence of~ 在～面前 ･･････023
☐ in general 一般來說 ･･････036	☐ in this way 用這種方式，如此 ･･････039
☐ in good health 健康良好 ･･････034	☐ in time 及時，趕上 ･･････026
☐ in good shape 身體狀況良好 ･･････036	☐ in trouble 陷入困境，遇到麻煩 ･･････033
☐ in harmony with~ 與～和諧相處 ･･････169	☐ inch by inch 一點一點地 ･･････196
☐ in high spirits 精神振奮 ･･････034	☐ inform A of B 向 A 告知 B ･･････146
☐ in itself 本身，就其本質而言 ･･････031	☐ inquire into~ 調查～，查明～ ･･････214
☐ in need 在困境中 ･･････035	☐ inside out 內外顛倒 ･･････281
☐ in no time 馬上，很快 ･･････026	☐ interfere with~ 妨礙～，干涉～ ･･････179

＊J

- [ ] A is to B what C is to D　A 之於 B 如同 C 之於 D ……093
- [ ] It's on me.　我請客。……081
- [ ] It's up to you.　這取決於你。……241
- [ ] judging from ~　根據～來判斷 ……133

＊K

- [ ] keep ~ in　把～關在裡面 ……043
- [ ] keep (~) in mind　記住～，牢記～ ……023
- [ ] keep A from ~ing　阻止 A 做 ……136
- [ ] keep an eye on ~　注意～，照看～ ……083
- [ ] keep away from ~　遠離～，不接近～ ……295
- [ ] keep off (~)　遠離～ ……156
- [ ] keep on ~ing　持續～ ……077
- [ ] keep out (~)　不讓～進入，阻止～ ……282
- [ ] keep pace with ~　跟上～ ……169
- [ ] keep to ~　堅持～，遵守～ ……086
- [ ] keep up with ~　跟上～的步伐，不落後於～ ……243
- [ ] kind of ~　有點～稍微～ ……143
- [ ] knock ~ out　擊敗～，淘汰～ ……289
- [ ] know A from B　辨別 A 與 B ……137
- [ ] know of ~　知道～，聽說過～ ……145

＊L

- [ ] later on　稍後，之後 ……076
- [ ] lay off ~　解雇～ ……160
- [ ] lead to ~　導致～，通向～ ……087
- [ ] leave for ~　前往～ ……108
- [ ] leave out ~　省略～，遺漏～ ……290
- [ ] left ~ behind　把～遺留在後 ……275
- [ ] let down ~　讓～失望 ……263
- [ ] lie on one's back　仰臥，躺平 ……070
- [ ] lie on one's stomach　俯臥，趴著 ……070
- [ ] listen to ~　聽～，傾聽～ ……086
- [ ] little by little　逐漸，慢慢地 ……96
- [ ] live from hand to mouth　過著僅夠糊口的生活 ……131
- [ ] live on ~　以～為生 ……071
- [ ] live up to ~　滿足（期望等）……243
- [ ] long for ~　渴望～，非常想要～ ……112
- [ ] look after ~　照顧～，照料～ ……273
- [ ] look around (~)　環顧四周，參觀～ ……210
- [ ] look down on ~　輕視～ ……262
- [ ] look for ~　尋找～，尋求～ ……112
- [ ] look forward to ~　期待～，盼望～ ……088
- [ ] look into ~　調查～，研究～ ……214
- [ ] look over ~　粗略檢查～ ……250
- [ ] look to ~　看向～，期望～ ……087
- [ ] look up (~)　查閱～（如字典）……233
- [ ] look up to ~　尊敬～，仰慕～ ……242

＊M

- [ ] made to order　訂作的，量身訂製的 ……101
- [ ] major in ~　主修～ ……031
- [ ] make a guess at ~　猜測～ ……062
- [ ] make friends with ~　與～交朋友 ……167
- [ ] make oneself at home　不拘束，隨意 ……054
- [ ] make out ~　理解～ ……287
- [ ] make up (~)　構成～ ……235

☐ make up for ~ 彌補~	235
☐ meet with ~ 與~會面	168
☐ melt away 慢慢融化	293
☐ melt down （被~）熔解	267
☐ melt into ~ 融化成~	217
☐ mix with ~ 與~混合	166
☐ move along 繼續前進	301
☐ move over 挪開位置	247
☐ multiply A by B 用 A 乘以 B	195

* N

☐ name A after B 以 B 命名 A	273

* O

☐ object to ~ 反對~，不同意~	095
☐ off duty 不值勤	161
☐ off guard 措手不及	161
☐ off the point 偏離主題，離題	155
☐ on (the) condition that SV ~ 以~為條件	072
☐ on ~ing 一~就~（表時間）	079
☐ on a ~ basis 以~為基礎	072
☐ on a diet 節食	075
☐ on a large scale 大規模地	072
☐ on air （廣播，電視）播出中	075
☐ on and on 持續不斷地	075
☐ on board (~) 在交通工具上	067
☐ on duty 值班，當班	076
☐ on earth （強調疑問詞）究竟	067
☐ on end 連續不斷地	076
☐ on foot 步行，走路	070

☐ on occasion 偶爾，有時	079
☐ on one's guard 保持警戒	076
☐ on one's mind 惦記	077
☐ on one's own 獨自地，靠自己	070
☐ on one's part 就某人而言	067
☐ on one's side 站在~的一邊，支持~	066
☐ on one's way home 回家的途中	075
☐ on purpose 故意地 on one's part 中文	067
☐ on sale 出售中	076
☐ on strike 罷工中	076
☐ on the other hand 另一方面	072
☐ on the point of ~ing 正要~，即將~	079
☐ on the spot 當場，立即	067
☐ on the tip of one's tongue 就在嘴邊（快要想起來）	067
☐ on time 準時，按時	079
☐ once in a while 偶爾，有時	027
☐ one after another 一個接一個，陸續	273
☐ one by one 一個一個地，逐個	195
☐ order A from B 向 B 訂購 A	130
☐ out of breath 上氣不接下氣	226
☐ out of control 失去控制	226
☐ out of danger 脫離危險	227
☐ out of date 過時的	226
☐ out of fashion 退流行	226
☐ out of hand 立即，立刻	227
☐ out of one's mind 發瘋	227
☐ out of order 發生故障	226
☐ out of place 格格不入	224
☐ out of reach of ~ ~無法觸及	227
☐ out of sight 看不見，消失	226
☐ out of the blue 毫無預警地	224
☐ out of the question 不可能	227

315

- □ out of the way of ~　不妨礙~⋯⋯⋯⋯⋯224
- □ over a cup of tea　一邊喝茶一邊（聊天）⋯⋯⋯⋯⋯251
- □ over again　再一次，重新⋯⋯⋯⋯⋯251
- □ over and over (again)　一次又一次⋯⋯⋯251
- □ over the hill　過了全盛期⋯⋯⋯⋯⋯247
- □ owe A to B　把 A 歸功於 B⋯⋯⋯⋯⋯087

＊P

- □ part with ~　放棄~，割捨~⋯⋯⋯⋯⋯178
- □ pass away　去世⋯⋯⋯⋯⋯295
- □ pass by　經過，路過⋯⋯⋯⋯⋯182
- □ pass for ~　被認為是~⋯⋯⋯⋯⋯124
- □ pass out (~)　昏倒，失去意識⋯⋯⋯⋯⋯291
- □ pay a visit to ~　拜訪~，探望~⋯⋯⋯⋯⋯088
- □ pay attention to ~　注意~，留意~⋯⋯⋯088
- □ pay for ~　支付~的費用⋯⋯⋯⋯⋯116
- □ pay off ~　還清~⋯⋯⋯⋯⋯161
- □ pick out ~　挑選~，選擇~⋯⋯⋯⋯⋯284
- □ pick up ~　接送~，拿起~⋯⋯⋯⋯⋯233
- □ play a trick on ~　對~惡作劇⋯⋯⋯⋯⋯081
- □ plenty of ~　大量的~，充足的~⋯⋯⋯143
- □ point A at B　將 A 指向 B⋯⋯⋯⋯⋯062
- □ point out ~　指出~，指明~⋯⋯⋯⋯⋯284
- □ prefer A to B　比起 B 更喜歡 A⋯⋯⋯⋯⋯094
- □ prepare for ~　為~做準備⋯⋯⋯⋯⋯109
- □ present A with B　向 A 贈送 B⋯⋯⋯⋯⋯173
- □ prevent A from ~ing　阻止 A 做~⋯⋯⋯136
- □ prior to ~　在~之前，先於~⋯⋯⋯⋯⋯094
- □ prohibit A from ~ing　禁止 A 做~⋯⋯⋯136
- □ provide A with B　為 A 提供 B⋯⋯⋯⋯⋯173
- □ provide for ~　供養~⋯⋯⋯⋯⋯109

- □ pull down ~　拆除~，拉倒~⋯⋯⋯⋯⋯262
- □ pull in (~)　（火車，船）進站，靠岸⋯042
- □ pull out (~)　拔出~，撤離~⋯⋯⋯⋯⋯286
- □ pull over (~)　把車停到路邊⋯⋯⋯⋯⋯246
- □ pull up (~)　（車輛）停下來⋯⋯⋯⋯⋯233
- □ put ~ into practice　實踐~，執行~⋯⋯⋯218
- □ put ~ on　穿上~，戴上~⋯⋯⋯⋯⋯066
- □ put up ~　舉起~，升起~⋯⋯⋯⋯⋯232
- □ put ~ up　提供住宿，讓~過夜⋯⋯⋯232
- □ put A into B　把 A 轉變成 B⋯⋯⋯⋯⋯217
- □ put A through to B　把 A 轉接到 B（電話）⋯⋯⋯⋯⋯304
- □ put an end to ~　終止~，結束~⋯⋯⋯105
- □ put away ~　收拾~，整理~⋯⋯⋯⋯⋯294
- □ put down ~　鎮壓~，制止~⋯⋯⋯⋯⋯263
- □ put in (~)　安裝~，插入~⋯⋯⋯⋯⋯042
- □ put off ~　推遲~，延後~⋯⋯⋯⋯⋯160
- □ put out ~　熄滅~（燈，火）⋯⋯⋯290
- □ put up (~)　建立~，搭建~⋯⋯⋯⋯⋯232
- □ put up with ~　忍受~，容忍~⋯⋯⋯234

＊R

- □ rain on and off　時晴時雨⋯⋯⋯⋯⋯161
- □ reach for ~　伸手去拿~，試圖取得~⋯111
- □ read between the lines　讀出言外之意，理解字裡行間的意思⋯⋯⋯⋯⋯279
- □ read over ~　快速閱讀~，瀏覽~⋯⋯⋯251
- □ recover from ~　從~恢復過來，痊癒⋯130
- □ refer to ~　提及~，參考~⋯⋯⋯⋯⋯088
- □ refrain from ~　克制~，避免做~⋯⋯⋯136
- □ rely on ~　依賴~，信賴~⋯⋯⋯⋯⋯070
- □ remind A of B　使 A 回想起 B⋯⋯⋯⋯⋯146

☐ reply to ~　回應～，回答～	086
☐ rest on ~　依靠～，基於～	071
☐ right away　立即，馬上	295
☐ rob A of B　搶走 A 的 B	151
☐ roll over　翻滾，翻身	251
☐ rule over ~　統治～，支配～	251
☐ run across ~　偶然遇見～	297
☐ run away (with~)　輕鬆贏得～，逃跑	294
☐ run into ~　偶然碰見～，撞上～	215
☐ run out　用完，耗盡	290
☐ run out of ~　用光～	224
☐ run over ~　輾過～	246

＊S

☐ save A from ~ing　拯救 A 免於	136
☐ search for ~　尋找～，搜索～	112
☐ second to none　無與倫比，最優秀的	093
☐ see ~ off　送行～，為～送別	156
☐ see through ~　看穿～，識破～	304
☐ sell out ~　賣完～，售罄	289
☐ send for ~　派人去請～，派人去取～	113
☐ send off ~　寄出～，發送～	163
☐ set about ~　開始做～，著手～	204
☐ set down ~　記下～，放下～	263
☐ set in　（季節，疾病等）開始，來臨	042
☐ set off for ~　動身前往～	163
☐ set out　啟程，出發	283
☐ set up~　設立～，創建～	233
☐ settle down (~)　安頓下來	266
☐ shake hands with ~　與～握手	167
☐ share A with B　與 B 分享 A	168
☐ shout at ~　對～怒吼	062
☐ show ~ around　帶～參觀	210
☐ show off (~)　炫耀～，賣弄～	157
☐ show up　出現，露面	238
☐ shut down (~)　關閉～，停業～	263
☐ shut up (~)　讓～閉嘴，住口	239
☐ sing along　跟著唱，一起唱	301
☐ single out ~　挑選～，選出～	286
☐ sit down　坐下	261
☐ sit down to dinner　坐下來吃飯	089
☐ sit up　熬夜	232
☐ slow down ~　減速，放慢	267
☐ smile at ~　對～微笑	061
☐ speak for ~　代表～發言，為～辯護	117
☐ speak of ~　提及～，談到～	145
☐ speak out　公開發聲，表達意見	287
☐ speak to ~　對～說話，與～交談	086
☐ speaking of ~　說到～，提及～	146
☐ stand by ~　支持～，站在～身邊	182
☐ stand for ~　代表～，支持～	116
☐ stand on my own feet　獨立，自立	069
☐ stand out　突出，顯眼	286
☐ stand up　站起來，起立	231
☐ stand up for ~　為～挺身而出	109
☐ start off with ~　以～開始	163
☐ start over　從頭開始	250
☐ stay at ~　住在～，暫住於～	046
☐ stay away from ~　遠離～，不接近～	294
☐ stay in　待在家裡，不外出	043
☐ stay out　在外逗留，不回家	284
☐ stay up　熬夜	232
☐ step by step　一步一步地	196
☐ stick out (~)　伸出～，突出～	283
☐ stick to ~　堅持～，固守～	099

317

- □ stop over　途中停留，短暫逗留 ……… 246
- □ strip A of B　從 A 剝奪 B ……………… 151
- □ substitute A for B　用 A 代替 B ……… 116
- □ sum up ~　總結～，概括～ …………… 239
- □ suspect A of B　懷疑 A 涉嫌 B ……… 146
- □ sympathize with ~　同情～，體諒～ … 166

＊T

- □ take ~ along　帶～一起去 …………… 300
- □ take ~ by surprise　讓～大吃一驚 …… 189
- □ take ~ for granted　視～為理所當然 … 124
- □ take ~ into account　將～考慮在內 … 215
- □ take a day off　請一天假 ……………… 160
- □ take A for B　誤認 A 為 B …………… 124
- □ take after ~　長得像～ ………………… 273
- □ take in ~　欺騙～，理解～ …………… 042
- □ take off ~　起飛 ………………………… 156
- □ take off ~　脫掉～，摘下～ …………… 157
- □ take out ~　取出～，帶出去～ ……… 284
- □ take over ~　接管～，接手～ ………… 247
- □ take to ~　喜歡上～ …………………… 100
- □ take up ~　佔用～，開始～ …………… 235
- □ talk A into ~ing　說服 A 做～ ………… 219
- □ talk A out of ~ing　說服 A 不做～ …… 224
- □ talk over ~　討論～，商量～ ………… 250
- □ tell A from B　區分 A 與 B …………… 137
- □ the other way around　相反，顛倒 …… 211
- □ There's something wrong with ~　～有問題，～故障了 ………………………… 177
- □ think about ~　考慮～，思索～ ……… 204
- □ think of ~　想到～，考慮到～ ………… 145
- □ think of ~　想出～，設想到～ ………… 146
- □ think over ~　仔細考慮～，再三思考～ ………………………………………… 250
- □ think up ~　想出～，發明～ …………… 243
- □ throw away ~　丟棄～，放棄～ ……… 294
- □ to no purpose　徒勞無功 ……………… 101
- □ to one's heart's content　盡情地，心滿意足地 …………………………………… 104
- □ to one's taste　符合某人的喜好 ……… 101
- □ to some extent　在某種程度上 ……… 105
- □ to start with　首先，第一 ……………… 178
- □ to the best of one's knowledge　據某人所知 …………………………………… 104
- □ to the end　直到最後，堅持到底 …… 105
- □ to the full　充分地，徹底地 …………… 105
- □ to the last drop　到最後一滴 ………… 105
- □ to the point　切中要點 ………………… 101
- □ trade A for B　用 A 交換 B …………… 116
- □ transform A into B　將 A 轉變為 B … 219
- □ translate A into B　將 A 翻譯成 B … 219
- □ trick A into ~ing　欺騙 A 使其做～ … 219
- □ try ~ on　試穿～ ………………………… 066
- □ turn around　轉身，旋轉 ……………… 210
- □ turn down ~　拒絕～ …………………… 267
- □ turn in (~)　提交～ …………………… 043
- □ turn into ~　變成～，轉變為～ ……… 218
- □ turn off (~)　關閉（電器等），停止～ … 160
- □ turn out (~)　結果是～ ………………… 286
- □ turn over (~)　翻轉～，翻面～ ……… 247
- □ turn to ~　依靠～ ……………………… 086
- □ turn up (~)　調高（音量等） ………… 233

318

* U

- □ under age　未成年 ································ 270
- □ under consideration　考慮中 ················ 271
- □ under construction　施工中 ················· 269
- □ under control　在控制之下 ···················· 270
- □ under development　開發中 ················· 271
- □ under investigation　調查中 ················· 271
- □ under no circumstances　無論如何 ······· 270
- □ under repair　維修中 ···························· 271
- □ under stress　感到壓力 ························· 269
- □ under surveillance　被監視中 ··············· 271
- □ under the influence of ~　受～的影響 ···· 270
- □ under the name of ~　以～的名義，化名～ ································ 270
- □ under the weight of ~　因～的重量而 ···· 270
- □ under way　進行中 ······························· 271
- □ up to ~　到～為止 ································ 242
- □ up to a point　在某種程度上 ················ 242
- □ up to date　最新的 ······························· 242
- □ up to now　直到現在 ···························· 242
- □ upside down　顛倒的，上下顛倒的 ······· 261
- □ use up ~　用完～，耗盡～ ···················· 238

* V

- □ vary from A to A　因 A 而異 ················· 137

* W

- □ wait on ~　伺候～，服務～ ··················· 082
- □ wake up　醒來 ······································ 232
- □ warm up ~　加熱～，暖身～ ················· 235

- □ watch out　小心，注意 ························· 287
- □ wear out (~)　磨損，使～筋疲力盡 ········ 291
- □ What's up?　最近過得如何？ ················· 237
- □ wide of the mark　偏離目標 ················· 152
- □ wipe A off B　把 A 從 B 上擦掉 ············ 161
- □ wish for ~　希望得到～，渴望～ ··········· 113
- □ with a view to ~ing　為了～ ················· 173
- □ with all ~　儘管～，雖然～ ··················· 179
- □ with care　小心地 ································· 174
- □ with difficulty　吃力地，費力地 ············ 174
- □ with ease　輕鬆地，毫不費力地 ············ 174
- □ with pleasure　樂意地，愉快地 ············· 174
- □ word for word　逐字逐句地 ··················· 117
- □ work on (~)　致力於～，努力進行～ ····· 082
- □ work out (~)　逐字逐句地 ····················· 287
- □ worry about ~　為～擔心 ······················ 204

* Y

- □ yearn for ~　渴望～，嚮往～ ················ 113

最強圖解英文介系詞
一看秒懂！31種必考介系詞全解析，
掌握閱讀・寫作・口說高分關鍵！
イラストでイメージがつかめる 英語の前置詞使いわけ図鑑

作者	清水建二（Kenji Shimizu）
插圖	YAGI Wataru
翻譯	洪玲
執行編輯	顏妤安
行銷企劃	劉妍伶
封面設計	賴姵伶
版面構成	賴姵伶
發行人	王榮文
出版發行	遠流出版事業股份有限公司
地址	臺北市中山北路一段11號13樓
客服電話	02-2571-0297
傳真	02-2571-0197
郵撥	0189456-1
著作權顧問	蕭雄淋律師

2025年2月28日　初版一刷
定價　新台幣399元
有著作權・侵害必究 Printed in Taiwan
ISBN　978-626-418-115-0

遠流博識網 http://www.ylib.com　E-mail: ylib@ylib.com
（如有缺頁或破損，請寄回更換）

"IRASUTO DE IMAGE GA TSUKAMERU EIGO NO ZENCHISHI TSUKAIWAKE ZUKAN" by Kenji Shimizu
Copyright © Kenji Shimizu, 2021
All rights reserved.
Original Japanese edition published by ASCOM INC.
This Traditional Chinese language edition is published by arrangement with ASCOM INC., Tokyo
in care of Tuttle-Mori Agency, Inc., Tokyo, through AMANN CO., LTD., Taipei.

國家圖書館出版品預行編目(CIP)資料

最強圖解英文介系詞：一看秒懂!31種必考介系詞全解析,掌握閱讀.寫作.口說高分關鍵!/清水建二著；洪玲翻譯. -- 初版. -- 臺北市：遠流出版事業股份有限公司, 2025.02
　　面；　公分
譯自：イラストでイメージがつかめる 英語の前置詞使いわけ図鑑
ISBN 978-626-418-115-0(平裝)

1.CST: 英語 2.CST: 介詞

805.1664　　114000848